I0666937

NOME IN CODICE: RANGER

K19 SHADOW OPERATIONS

HEATHER SLADE

Tektime

Nome in Codice: Ranger

Copyright © 2022 by Heather Slade

All rights reserved.

Print: 979-8-88649-436-5

NOME IN CODICE: RANGER
K19 SHADOW OPERATIONS

Nome in codice: Ranger
Obiettivo: Maisie Ann Jones
Missione: scoprire dove si trova una ragazza intelligente,
sexy e irascibile.

RANGER

Sotto copertura, riservati e pericolosi, i nuovi agenti delle Operazioni Ombra del K19 si aggirano dove gli altri non osano, pronti ad entrare in azione in qualsiasi momento. Quando Maisie Ann Jones scompare con un serial Killer a piede libero, farò qualsiasi cosa per trovarla. Lei possiede il mio cuore e sono deciso a salvarla e ad abbattere chiunque cerchi di ostacolarmi.

MAISIE ANN

Una cotta adolescenziale. Almeno era quello che pensavo che fosse. Ma quando Ranger torna all`improvviso nella mia vita, niente può ostacolare quello che provo e quello che voglio... voglio solo lui. Sono una laureata della Dartmouth che ha rilevato l`azienda di famiglia prima di compiere venticinque anni. Non ho bisogno di un uomo. Non sono mai stata una damigella in pericolo. Fino ad ora. Ma ho paura che lui abbia trovato pane per i suoi denti. Questo serial killer riuscirà a distruggere l`unico uomo che io abbia mai amato?

PROLOGO
RANGER

Nell'istante stesso in cui la persona che ci stava informando sul nostro incarico successivo disse che un serial killer stava prendendo di mira le figlie delle famiglie benestanti della zona, pensai a Maisie. Lei corrispondeva meglio di chiunque altro al profilo della vittima.

Sfidava la logica, ma il mio istinto mi diceva di andare alla porta accanto, dove l'avevo lasciata meno di trenta minuti prima, e verificare con i miei occhi che fosse al sicuro.

Doveva esserlo. Mio fratello era con lei, insieme alla ragazza di Onyx, il mio compagno di squadra. O era la sua fidanzata? In ogni caso, Maisie, Jimmy e Blanca stavano bene. Una volta avuta la conferma, sarei tornato e avremmo potuto riprendere la nostra riunione.

Andai in cucina e guardai fuori dalla finestra. "No!" gridai quando vidi che la porta del campo era spalancata. Perché quella cazzo di porta era aperta? Era pieno inverno.

Estrassi la pistola e mi misi a correre, finché non vidi confermati i miei peggiori timori. Jimmy e Blanca erano entrambi imbavagliati, bendati e legati alle sedie.

"Dove diavolo è Maisie?" gridai a Jimmy, mentre un altro

ragazzo della nostra unità lo slegava e Onyx faceva lo stesso con Blanca.

"L'hanno presa," gridò Blanca non appena le fu tolto il bavaglio dalla bocca.

"Chi?"

"Due uomini. Tutti vestiti di nero, con dei passamontagna," disse Jimmy tra una boccata d'aria e l'altra. "Hanno usato i taser."

"È stato colpito." Wasp, l'uomo che lo aveva slegato, indicò il sangue che filtrava attraverso il tessuto della camicia di mio fratello. Feci un passo di lato quando il mio capo, il dottor Butler, un assistente medico, arrivò di corsa.

"Non ricordi nient'altro?" Riuscivo a sentire le parole di Onyx, ma erano attutite dal rombo del sangue che mi scorreva nel corpo. Ogni centimetro della mia pelle si sentiva come se fosse stato punto da mille spilli, mentre il mio cervello innescava una reazione di "attacco e fuga."

L'avevo già provata altre volte, più di quante potessi contarne, ma quella era diversa. Non si trattava di paura per me stesso. Qualcuno aveva preso Maisie e spettava a me trovarla. Salvarla. Prima che fosse troppo tardi.

❧ I ❧

RANGER

QUATTRO SETTIMANE PRIMA

Il sole stava appena sorgendo quando portai una tazza di caffè sul portico riparato del campo sul lago, come tutti chiamavano le case e i bungalow in quella parte del mondo. Quel posto apparteneva alla mia famiglia da generazioni e ormai era come se fosse mio. I miei genitori venivano raramente lì, da quando avevano fatto della Florida la loro residenza permanente. Mio fratello maggiore, Jimmy, si era da poco separato dalla moglie e viveva anche lui lì, ma mi aspettavo che si riconciliassero molto presto. Dato che avevano dei figli, pensavo che lo avrebbero fatto sicuramente entro Natale, ma non era andata così.

Mentre guardavo il lago ghiacciato, un brivido mi attraversò il corpo. Ma non era la temperatura gelida a provocarlo. Era invece dovuto all'onnipresente sensazione di terrore che si era insediata nella bocca dello stomaco tre settimane prima, quando avevo saputo che la squadra di agenti e operatori con cui lavoravo alla K19 Security Solutions era l'obiettivo di un complotto per un omicidio di massa... me compreso.

Mentre i soci fondatori dell'azienda lavoravano per neutralizzare la minaccia, al resto di noi era stato ordinato di rifugiarsi in quella cittadina fino a nuovo ordine.

Erano anni che non passavo così tanto tempo senza un incarico e mi sentivo impaziente. Soprattutto perché di recente ero stato scelto come comandante in seconda della nuova unità del K19, le Shadow Ops o Operazioni Ombra.

Una luce si accese nel campo accanto, dove alloggiava Montano "Onyx" Yáñez, il leader della nuova squadra. Il posto era di proprietà di Blanca Descanso, una donna con cui lui aveva una relazione, ma che era stata messa sotto protezione altrove, vista la minaccia che gravava sulle nostre vite.

Per passare il tempo, Onyx e mio fratello stavano ristrutturando la casa per lei, rendendola adatta a viverci durante i lunghi inverni degli Adirondack.

Io e Onyx non eravamo gli unici due membri delle Shadow Ops a vivere sulle rive del Canada Lake. Caleb "Diesel" Jacks, Garrison "Cowboy" Cassidy e Keaton "Buster" Ford si trovavano in una casa in affitto due porte più in là. Wasp e Swan, entrambi piloti, alloggiavano in un campo vicino a loro.

Wasp, il cui nome di battesimo era Jasper Theron, era un ex membro dell'aviazione ed era stato reclutato per lavorare per la CIA più o meno nello stesso periodo in cui ero stato reclutato io. Aubrey "Swan" Lee aveva fatto parte della Royal Air Force del Regno Unito e dell'MI6, prima di dimettersi dai servizi segreti di Sua Maestà e venire a lavorare per il K19.

Ognuno di noi sette aveva un'area particolare di competenza. Dopo essermi laureato all'Istituto per la Sicurezza Nazionale e l'Antiterrorismo della Syracuse University, la maggior parte dei miei primi incarichi per l'agenzia aveva consistito nell'estrazione di risorse.

Diesel, che mi era stato assegnato come partner durante la nostra prima missione per la CIA e in tutte quelle successive, si era laureato alla Cornell ed era un esperto di lingue. A quanto ne sapevo, ne parlava correntemente dodici.

"Cosa succede oggi?" chiese Jimmy, lasciandosi cadere su una delle sedie del portico.

"Non dovresti fare questa domanda a Onyx?"

"Ho pensato di provare qualcosa di diverso stamattina."

Ridacchiai. "Sì? Beh, la mia giornata assomiglia molto a quella di ieri, che assomigliava esattamente al giorno prima." L'ultima volta che avevo fatto qualcosa di solo lontanamente interessante era stato a Capodanno, quando il proprietario del parco di divertimenti della città, ormai in disuso, aveva aperto la sala da ballo sopra la piscina per una festa privata.

Non avevo idea di cosa aspettarmi ed ero andato da solo, senza nemmeno preoccuparmi di invitare Diesel. Perciò, con una sola eccezione, tutti i partecipanti avevano almeno trent'anni più di me.

Avevo cercato per tutta la sera di rimanere un minuto da solo con la mia unica coetanea, ma dato che era la sua famiglia a ospitare l'evento, non ci ero riuscito.

Si chiamava Maisie Ann Jones e da quella sera non riuscivo a smettere di pensare a lei. L'avevo incontrata per la prima volta quando eravamo adolescenti, ma non ricordavo che fosse lo schianto che era diventata. Avevo un vago ricordo di aver partecipato alla festa per il suo diciottesimo compleanno e di una bollente sessione di pomiciate.

Avrei dato qualsiasi cosa per mettere la bocca sulle sue labbra imbronciate e gonfie in quel momento. Le avrei intrecciato le dita tra i capelli biondo platino scompigliati, mi sarei fatto strada a forza di baci lungo il suo corpo sodo ma formoso e avrei banchettato con quelle tette più grandi del mio pugno. Quel pensiero mi fece tendere l'uccello contro la cerniera dei jeans.

La mia fantasia si interruppe bruscamente quando sentii la porta d'ingresso chiudersi e vidi Jimmy andare alla porta accanto.

Avrei dovuto andare ad aiutare, ma ogni volta che lo facevo finivo per fare più danni che altro. "Le costruzioni non sono proprio il tuo forte, vero, fratello?" mi disse Onyx, sorridendo e dandomi una pacca sulla spalla, mentre Jimmy era sul punto di strozzarmi. Era difficile provare entusiasmo per qualcosa in cui facevo schifo.

Tuttavia, oltre a cercare un modo per passare le ore nudo e a letto con Maisie, non riuscivo a entusiasmarmi per molto altro.

"Ti sei alzato presto," affermò Diesel quando tirai fuori il telefono per rispondere alla sua chiamata.

"Come sempre."

"Ti va di fare un giro con le slitte più tardi?"

Stessa merda, giorno diverso. Almeno guidare le motoslitte intorno al lago ghiacciato mi avrebbe portato fuori dal campo per qualche ora. Probabilmente avrei potuto contare anche su qualche birra e un boccone da qualche parte in città. "Certo."

QUANDO TORNAI DIVERSE ORE DOPO, MIO FRATELLO E ONYX erano in cucina e fissavano un carillon rotto.

"Al Jones," sentii dire a mio fratello.

"Cosa mi dici di lui?" chiesi.

"La sua famiglia possiede la Jones Carousel Company da tre generazioni. Ho sentito che Maisie la sta rilevando. Sarebbe la quarta, o quinta, credo."

Maisie. Merda, quanto tempo era passato? Un paio d'ore, dall'ultima volta che avevo pensato a lei?

"Stai dicendo che la famiglia di Al ha costruito la giostra del parco divertimenti di Sherman?" chiese Onyx.

Jimmy annuì. "Non solo, il nonno di Al era Sherman Jones. Sai, *Sherman.*" Mio fratello indicò il carillon che apparteneva a Blanca e che Onyx, dopo averlo rotto, stava cercando di rimettere insieme. "Ha fatto anche quelli. Non molti, però. Credo che ne facesse solo uno all'anno."

"Non ne avevo idea," dissi sottovoce.

"Non andavi in giro quanto me mentre stavamo crescendo. La maggior parte dei ragazzi che passavano l'estate qui trovavano lavoro da Sherman o al Canada Lake Store. Questo qui," disse Jimmy girandosi verso Onyx e indicandomi, "faceva sempre qualche sport al liceo. Si trattava di football, baseball o atletica."

"Ho giocato anche a basket," mormorai.

"Accidenti, gli ha fatto un gran bene. Allora, chi chiamerà Al? Io?"

"Posso chiamarlo io." Colsi al volo la possibilità che Maisie rispondesse al telefono e che io potessi aggiungere il suono della sua voce alle mie continue fantasie. Invece, quando rispose sua nonna Mary, le spiegai la situazione di Onyx.

"Vieni qui e porta Onyx con te. Sai che siete sempre i benvenuti. Anzi, se non avete ancora mangiato, ho un bel pentolone di chili e pane di mais jalapeño sul fuoco."

"Se non è un problema... c'è anche Jimmy."

"Owen Messick, sai che la mia porta è sempre aperta. Preferirò sempre un tavolo pieno piuttosto che uno vuoto."

Dopo aver riattaccato, informai Onyx e Jimmy del nostro invito a cena. Non dissi niente, ma ero abbastanza sicuro di aver sentito in sottofondo un'altra voce femminile, che speravo appartenesse a Maisie.

"Mi cambio e poi sono pronto per andare," dissi, correndo su per le scale, ma non prima di aver visto le sopracciglia di mio fratello alzarsi. Al diavolo. Avevo fatto io la telefonata; avevo il diritto di andare a cena tanto quanto lo aveva lui.

Pochi minuti dopo, ci fermammo davanti alla porta dei Jones e bussammo. Quando si aprì, l'aria mi uscì dai polmoni mentre fissavo quei penetranti occhi azzurri.

"Ciao, sono Maisie Ann. Sono la nipote di Al," disse lei. "Entrate pure."

Prima che potessi dire una parola, Onyx mi si parò davanti. "Sono Montano, ma la maggior parte della gente mi chiama Onyx." Le tese la mano e lei la strinse.

Mi avvicinai alle sue spalle. "Ehi, Maisie. Non so se ti ricordi di me..."

"Ranger Messick, come potrei mai dimenticarti? Non c'era ragazza nella contea di Fulton che non avesse una cotta per te."

"È sicuramente un piacere rivederti," dissi quando Jimmy e Onyx furono accolti da Al.

"Anche per me." La sua pelle d'alabastro si arrossò e lei rivolse lo sguardo verso il basso.

"Devo chiedertelo, Maisie Ann. Hai detto che non c'era una ragazza nella contea di Fulton che non avesse una cotta per me. Sei inclusa anche te?"

Lei alzò lo sguardo con un sorriso che avrebbe potuto illuminare qualsiasi stanza e fece l'occhiolino. "Lo sai, Ranger."

"Quello che hai fatto per Blanca è stato davvero romantico," sentii che Mary diceva a Onyx. "Ho detto a mio marito che dovrebbe prendere esempio da te."

Maisie si mise una mano sul fianco. "Sono confusa. Onyx, stai con Blanca? Pensavo che lei e Jimmy stessero insieme."

"Esatto. Gliel'ho portata via," rispose Onyx dando una gomitata a mio fratello.

"Non so perché, ma pensavo che l'avessi sposata."

"Sono sposato, anzi separato, ma per quanto riguarda Blanca, non la vedo dai tempi del diploma."

"Come l'hai incontrata?" chiese Maisie rivolgendosi a Onyx.

"Conoscevo sua sorella."

"Oh." Il sorriso svanì dal volto di Maisie. "Uhm, com'è che si chiamava?"

"Sofia."

Lei aggrottò la fronte, come faceva spesso molta gente quando si faceva il nome di Sofia Descanso. "Giusto."

"Aveva una gran brutta fama, quella lì," disse Al. "Ma ti dirò una cosa: un'estate ha lavorato sodo per me, per guadagnare abbastanza soldi da comprare a sua sorella una di quelle giostre carillon." Al mi guardò, poi guardò Onyx. "Il qui presente Ranger ha detto che è successo qualcosa a quel carillon."

Quando lui lo tirò fuori dalla borsa e lo posò sul tavolo, Mary ebbe un sussulto. "Oh, è peggio di quanto immaginassi."

"Non puoi nemmeno immaginare quanto," disse lui, caricandolo.

"Capisco cosa intendi." Al lo prese in mano per spegnere la musica. Per fortuna, visto che mi stava trapanando le orecchie.

"Qualche consiglio?"

"Beh, fammi vedere." Al si mise un paio di occhiali e sollevò il carillon verso la luce. "Se intendi per ripararlo, non ne ho."

"Ho altre opzioni?"

Al scosse la testa. "Sono diventati oggetti da collezione. Non ne esistono due uguali. Potresti provare ad andare su uno di quei siti di aste e vedere se qualcuno ne ha uno in vendita."

"Temevo che l'avresti detto."

"Sì? Hai già guardato?"

Maisie si avvicinò al nonno e Mary fece lo stesso. Ciascuna di loro mise il braccio sotto uno dei suoi.

"Nonno, ti prego," lo implorò.

"Al, sai che devi aiutarlo," aggiunse Mary.

Al scosse la testa. "Anche se volessi, non potrei costruirne un altro." Alzò le mani. "L'artrite è troppo grave."

"Forse Onyx potrebbe aiutarci," suggerì mio fratello.

Al ci mise un paio di minuti a rispondere e nel frattempo io continuai a osservare Maisie che guardava il nonno con aria implorante.

Alla fine, Al fece cenno a Onyx di seguirlo in corridoio. Non avrei potuto essere più felice quando Jimmy lo seguì e Mary andò in cucina, lasciando me e Maisie da soli.

"Posso portarti qualcosa da bere?" mi domandò lei.

"Prendo una birra, se ne hai."

"Quando mai qualcuno qui al lago non ha della birra?" Maisie alzò gli occhi al cielo e ne prese due dal frigorifero. "Bicchiere?"

"Va bene la bottiglia."

"Potrebbero metterci un po'; voi due, se volete, andate a

sedervi in veranda a chiacchierare, mentre io finisco di preparare la cena," suggerì Mary.

Maisie mi fece strada e io la seguii, fissandole il sedere alto e sodo che era coperto dai jeans, ma che ricordavo di aver visto una o due volte in bikini. Cavolo, avrei voluto che fosse estate, per poter dare di nuovo un'occhiata a quella bellezza.

"Allora, *Ranger*, l'ultima volta che ti ho visto avrò avuto quattordici o quindici anni."

Mi avvicinai di un passo e la guardai in quei profondi occhi azzurri. "Sappiamo entrambi che non è vero, bellezza. Ci siamo visti un sacco di volte, dopo il nostro primo incontro. L'ultima volta che mi hai *parlato* avevi quattordici anni."

"Non mi sembra di ricordare che tu abbia attaccato discorso."

Bevvi un sorso di birra. "Correggimi se sbaglio, ma credo che la sera del tuo diciottesimo compleanno abbiamo fatto qualcosa di più che conversare."

"Oh. C'eri anche tu quella sera?" Maisie spostò lo sguardo a sinistra e le sue guance avvamparono per la seconda volta.

Mi avvicinai ancora di più, in modo che la mia bocca fosse vicina al suo orecchio. "Il fatto che non te lo ricordi mi spezza il cuore."

Lei fece un passo indietro. "Chi sta mentendo adesso?"

Mi piaceva che ammettesse di averlo fatto, almeno a parole. "Posso dirti che non l'ho mai dimenticato. Ero molto preso."

Maisie spalancò gli occhi e fissò la mia bocca. "Allora perché non mi hai chiesto di uscire?"

"Credo di averlo fatto, ma il giorno dopo dovevi partire per l'università."

"Te lo ricordi?"

"Ci sono un sacco di cose che ricordo di te."

"Dubito che questo includa la prima volta che ci siamo incontrati."

"Ti sbagli. È stato sul molo del Canada Lake Store ed era il giorno prima che io iniziassi a lavorare lì quell'estate."

"È stata l'unica estate in cui hai lavorato."

"Ogni tanto ho dato una mano, ma non quanto avrei voluto. Però sono venuto ogni fine settimana che ho potuto."

"La cena è pronta," sentii Mary chiamare dalla cucina.

"Aspetta," disse Maisie quando mi voltai per avviarmi in quella direzione. "Cosa sarebbe successo, se non fossi partita il giorno dopo?"

"Non posso dirlo con certezza, ma posso dirti perché mi sono presentato alla tua festa."

"Perché?"

Mi girai con il corpo e mi accalcai sulla soglia insieme al suo. "Per rivendicarti come mia, dolce Maisie Ann Jones." Mi aspettavo che lei scoppiasse a ridere, che si incazzasse o che avesse una qualche reazione alla mia affermazione da uomo di Neanderthal. Non ne ebbe, a parte il respiro accelerato e le pupille dilatate... che era esattamente quello che volevo ottenere.

"Allora, Ranger, cos'hai fatto in questi ultimi anni?" chiese Mary a metà del nostro pasto.

"Dicci cosa intendi per ultimi, o staremo qui tutta la notte," disse Jimmy, facendomi un sorrisino dalla parte opposta del tavolo.

"Sei andato all'università, giusto?" aggiunse Mary, ignorando mio fratello. "Dove?"

"Ho iniziato alla Ranger School di Wanakena, ma poi mi sono trasferito a 'Cuse."

"Cosa ti ha spinto a passare a Syracuse?" chiese Maisie.

Scoppiai a ridere. "A essere sincero, mi annoiavo a morte."

"Cos'hai studiato lì?"

C'erano troppe cose che non potevo rivelare a Maisie o ai suoi nonni perché potessi continuare a fornire dettagli. "Sicurezza e legge. E tu? Ho sentito dire che sei andata a Dartmouth?"

"Laureata con lode." Erano le prime parole che Al pronunciava da quando ci eravamo seduti a tavola.

"Impressionante," dissi, avvicinandomi abbastanza da toccare con il braccio quello di lei.

"Sono sempre stata un po'secchiona."

"Cos'hai studiato?" Lo chiesi anche se conoscevo la risposta, così come sapevo che si era laureata a pieni voti.

"Economia, poi ho preso la laurea specialistica alla Tuck."

Era classificato come il quinto miglior programma MBA del Paese e il decimo al mondo.

"Ed è tornata per salvare il business delle giostre," disse Al raggiante.

"Qualcosa di più," borbottò lei, a voce abbastanza alta perché io potessi sentire.

Non vedevo l'ora di chiederle cosa intendesse con qualcosa di più. Data la sua formazione, la signorina Jones poteva aspirare al cielo. Ma non glielo avrei chiesto, per il momento. Volevo che Maisie si perdesse nella sua risposta, che mi raccontasse tutte le sue speranze e i suoi sogni, mentre io la seducevo nel mio letto. Invece, cambiai argomento.

"Allora, qual è il piano per il carillon?" chiesi, lasciando cadere il braccio sotto il tavolo. Quando Maisie fece lo stesso, presi la sua mano nella mia e la strinsi. Mi avvicinai e le sussurrai all'orecchio: "Domani sera, solo io e te. Che ne dici?"

Lei ricambiò la stretta e annuì.

"Passo a prenderti alle sette."

❧ 2 ❧

MAISIE

Come se avessi una qualche possibilità di dormire stanotte. No, non sarebbe successo. Era come se fossi tornata indietro nel tempo, a quando ero un'adolescente, innamorata pazza di Owen "Ranger" Messick e assolutamente certa che lui non avesse idea che io fossi viva.

Si ricordava davvero di essere venuto alla mia festa di compleanno? Dio, giuro che le mie mutandine quasi si scioglievano dal corpo ogni volta che pensavo al bacio di quella sera e a come avrei voluto non dover partire la mattina dopo. Non ero mai stata baciata in quel modo, né lo sono stata dopo.

C'era qualcosa che mi riportava a quel periodo della mia vita, quando il mondo offriva infinite possibilità, quando innamorarsi al lago era il sogno di ogni adolescente e nulla contava oltre alla persona alla quale finivi per sederti accanto al falò, soprattutto se ti dava un passaggio a casa con la sua barca.

Non potevo fare a meno di chiedermi cosa sarebbe potuto accadere tra noi se non fossi andata all'università. Mi avrebbe chiesto davvero di uscire? Ranger mi avrebbe tolto la verginità al posto di quel cretino della fratellanza di cui avrei voluto dimenticare il nome?

Mi sarei innamorata perdutamente e l'avrei seguito a Syracuse, invece di inseguire i miei sogni?

Dio, speravo di no. Avevo visto troppe mie amiche scegliere di sposarsi invece di andare all'università, come se le due cose si escludessero a vicenda. Poi, due o tre figli dopo, si rendevano conto di essersi perse tutte le cose che la maggior parte delle persone viveva a vent'anni. Inevitabilmente, chi si sposava subito dopo il liceo divorziava prima di compiere venticinque anni. Naturalmente c'erano delle eccezioni, ma erano statisticamente rare.

Dubitavo che Ranger fosse il tipo di persona che avrebbe voluto questo. Non che io sapessi molto di lui. Ma quando aveva detto di aver sentito che ero andata a Dartmouth, era sembrato impressionato. Ancor di più dopo che avevo aggiunto di avere conseguito la laurea magistrale alla Tuck. Allora aveva alzato le sopracciglia e aveva sorriso.

Mi aveva stretto la mano per rassicurarmi, quando mio nonno aveva detto che ero tornata per salvare l'attività delle giostre, poi mi aveva sussurrato che voleva vedermi la sera dopo... da soli.

Non vedevo l'ora.

Poco prima delle sette della sera successiva, mia nonna gridò su per le scale: "Maisie Ann Jones, smettila di camminare avanti e indietro o farai un buco nel pavimento."

"Scusa, nonna," gridai a mia volta buttandomi sul letto, il che non fece esattamente *meno* rumore. Ero mai stata così nervosa per un appuntamento? Non che ricordassi.

Visto che non avevo idea di dove saremmo andati, optai per un maxi-abito boho-chic che non desse l'impressione che stessi esagerando. Lo abbinai a stivali alti fino al ginocchio con il tacco, che normalmente non avrei indossato a un appuntamento, dato che l'altezza aggiuntiva mi faceva sfiorare il metro e ottanta.

Ranger, però, era alto almeno un metro e novanta, quindi potevano andare bene.

"Scendi a bere un bicchiere di sherry, prima di andare," disse mia nonna dal fondo delle scale.

Lo sherry era la sua risposta a ogni situazione tesa. Alcune persone dicevano che una giornata al lago avrebbe eliminato ogni preoccupazione. Per lei, era lo sherry a farlo. Estate, autunno, inverno o primavera: era sempre la soluzione.

Pochi minuti dopo che ebbi bevuto il bicchiere che mi aveva prescritto, bussarono alla porta. Mi asciugai i palmi sudati sul vestito ma, prima che potessi alzarmi per rispondere, nonno Al aprì e invitò Ranger a entrare.

Non importava che l'avessi visto la sera prima; mi fece comunque fermare il cuore. I suoi capelli castano scuro erano tagliati più corti di come li portava di solito, ma i suoi occhi erano ancora gigantesche pozze di calore in cui potevo facilmente perdermi. I pantaloni e la camicia elegante avevano un taglio perfetto, gli avvolgevano il corpo sodo e mi facevano venire voglia di passare le mani su ogni centimetro.

"Wow," disse, squadrandomi dall'alto in basso come stavo facendo io con lui. "Sei bellissima."

"Grazie." Presi il cappotto dall'armadio.

"Lasciami fare." Lo tenne fermo in modo che potessi infilare le braccia nelle maniche, poi si sporse abbastanza in avanti da farmi sentire il suo respiro sulla guancia. "E hai un profumo fantastico."

"*Wow*," esclamò Onyx, che non mi ero resa conto fosse lì, con un fischio. "Sei bellissima, sorella."

Io ridacchiai. Era la mia immaginazione o avevo sentito Ranger ringhiare?

"Le strade sono piuttosto scivolose là fuori. Fate attenzione," disse mio nonno.

"Certo. So perfettamente di avere un carico prezioso," disse Ranger facendo l'occhiolino. "Pronta?"

Baciai le guance dei miei nonni, dissi loro che li amavo e salutai Onyx con la mano.

"Divertitevi, ragazzi," disse mentre uscivamo.

"È così vecchio nell'anima."

Ranger scoppiò a ridere. "Oppure è un gigantesco bambino di cinque anni."

"Voi due siete molto amici."

Lui annuì. "Lo seguirei in qualsiasi battaglia, ovunque e in qualsiasi momento."

"Parole potenti."

"E anche molto vere."

Sentivo che Ranger stava lasciando molte cose non dette, ma con l'intera serata davanti a noi, ci sarebbe stato tutto il tempo per approfondire.

"Dimmi cosa hai intenzione di salvare, oltre all'azienda di giostre," chiese Ranger prima di lasciare il vialetto.

Io mi misi a ridere. "Aspetta, prima tocca a me fare le domande."

"Silenzio, hai perso, Maisie Ann. Ora dovrai aspettare il tuo turno."

"Chi è il bambino di cinque anni? Tu o Onyx?"

Ranger si avvicinò e mi strinse la mano. "Voglio sapere ogni minimo dettaglio su di te, bellezza. Non puoi biasimarmi per questo, vero?"

"Adoro questo posto," dissi con un sorriso quando Ranger si fermò davanti al Northwoods Inn di Dick e Peg alcuni minuti dopo. Peg, ormai ottantenne, si occupava ancora di cucinare e insisteva nel portare avanti la tradizione di preparare tutto da zero.

"Beh, se questa non è la piccola Maisie Ann," disse Dick, il figlio di Peg, che era il barista del Northwoods da quando era diventato abbastanza grande per vedere oltre il bancone.

Quando ci raggiunse girando intorno al bar, gli diedi un bacio sulla guancia.

"Chi hai portato con te?" chiese.

Ranger si fece avanti per stringere la mano a Dick. "Mi ha già visto prima, signore. Sono Ranger Messick."

"Proprio così," disse Dick dandogli una gomitata. "Volevi che vi riservassi il tavolo vicino al caminetto." Fece un cenno in direzione del tavolo per due che ci aspettava. "Prima venite a bere qualcosa al bar."

Era così che funzionava al Northwoods Inn. Per evitare che Peg avesse troppo lavoro in cucina, era obbligatorio prenotare. Al suo arrivo, ogni cliente era invitato a sedersi al bar. Lì si poteva dare un'occhiata al menu e ordinare. Quando la prima portata era pronta, Dick li accompagnava al tavolo.

Alzai un sopracciglio quando Dick aprì una bottiglia di vino, versò due bicchieri e ne mise uno davanti a ciascuno di noi. Rimasi ancora più sorpresa quando chiesi informazioni sulle specialità e lui mi disse che Peg aveva già le nostre ordinazioni e che gli antipasti sarebbero stati serviti entro pochi minuti.

Ranger alzò il bicchiere. "A Maisie Ann, salvatrice della compagnia di giostre, tra le altre cose che saranno rese note durante la cena di stasera."

"A Maisie Ann," disse Dick, alzando il bicchiere pieno d'acqua.

Battei il mio bicchiere contro i loro e bevvi un sorso di uno dei miei vini preferiti, che fino a quella sera non sapevo fosse disponibile da Dick.

"Nell'eventualità che il mio brindisi non l'abbia reso chiaro, continuerò a tormentarti finché non me lo dirai."

Bevvi un altro sorso e posai il bicchiere sul bancone. "Mi sorprende che tu non l'abbia capito. È piuttosto ovvio."

"Sentiamo."

"Canada Lake, naturalmente."

Ranger sorrise e annuì. "Riportare la cittadina al suo antico splendore?"

"Questo è il piano."

"Non vedo l'ora di conoscere tutti i dettagli."

Inclinai la testa. "Non riesco a capire se sei serio o se stai scherzando."

Ranger girò lo sgabello in modo da voltarsi verso di me, si chinò in avanti e appoggiò il braccio sullo schienale della mia sedia. "Assolutamente serio. Dimmi come farai."

Gli spiegai che avevo aperto la sala da ballo dello Sherman's Amusement Park la sera di Capodanno per verificare la teoria secondo la quale non ero l'unica a desiderare che le cose tornassero com'erano quando stavo crescendo. I biglietti erano andati esauriti in quindici minuti.

"So che è stato così. Sono riuscito a prenderne soltanto uno."

"Avresti dovuto chiamarmi. Ne ho tenuti un paio per gli amici più cari."

"Avrei avuto un punteggio abbastanza alto da ottenere un extra? Come amico intimo, intendo?"

Alzai gli occhi al cielo. "Certo che sì. E anche Jimmy."

Ranger si mise una mano sul cuore. "Ho lo stesso punteggio di mio fratello maggiore? *Ahi*!"

"Si è tenuto in contatto meglio di te."

"Mi hai fregato. Comunque, ho intenzione di rimediare, qui e ora." Avvicinò il suo sgabello al mio.

Abbassai lo sguardo nel punto in cui le nostre gambe si toccavano. "È un buon inizio."

"Mi piace il suo modo di pensare, signorina Jones." Ranger mi appoggiò la mano sul ginocchio e una scossa di desiderio mi attraversò il corpo.

"Davvero?" Mi chinai in avanti. Un altro centimetro o poco più e saremmo stati abbastanza vicini da poterci baciare.

"Il vostro tavolo è pronto," disse Dick, fermandosi dietro di noi. Si girò e prese il mio bicchiere di vino. "Seguitemi."

Quasi sussultai, quando vidi due ciotole fumanti di zuppa di cipolle francese che ci aspettavano. "Come facevi a sapere che era la mia preferita?"

"Non te lo dirò mai," rispose Ranger, ammiccando. "E nemmeno Dick."

"No, assolutamente no. Non ho mai visto questo tizio in vita mia."

Scossi la testa e mi misi a ridere. Dick e Peg facevano parte di quel desiderio nostalgico di fermarmi al lago che desideravo riportare in vita. Era uno dei pochi ristoranti rimasti nella zona. Gli altri avevano chiuso per la stagione o per sempre. Perché il mio progetto di riportare alla vita quella comunità lacustre funzionasse, era essenziale avere un'ampia scelta di posti dove mangiare.

"Torniamo a parlare di come hai intenzione di salvare il Canada Lake," disse Ranger mentre aspettavamo che la zuppa si raffreddasse abbastanza da poterla gustare.

"Inizierei con il parco di divertimenti e lo stabilimento balneare, che comprende la sala da ballo al secondo piano. Una volta che saranno pienamente operativi, troverò degli investitori per ristrutturare il Canada Lake Hotel e renderlo un resort a sé stante."

"Mi ero dimenticato completamente di quel posto. È poco dopo lo Sherman's lungo la riva, giusto?"

Annuii. "Una parte della ristrutturazione consisterebbe nel riportare in vita la passerella che collegava le due zone. Un tempo c'erano negozi lungo tutto il lungomare, una specie di Coney Island in miniatura. Ora nel parco non c'è nulla di simile, almeno non lungo la riva."

"È tutto, o hai altri progetti?"

"Moltissimi altri." Mi feci strada tra il formaggio fuso sopra la zuppa e presi qualche cucchiaiata di brodo, aspettando che smettesse di fumare prima di metterlo in bocca. Quando lo feci, mi sfuggì un gemito. "Cibo come questo, per esempio. È una cosa di cui questa zona ha estremamente bisogno. Invece di andare a cena fuori come facevano i miei genitori e i miei nonni, la mia generazione si ritrova in altri campi. È certamente bello e divertente, ma cosa succede quando qualcuno non ha voglia di cucinare e pulire? Soprattutto quando si è in vacanza."

"Sono d'accordo con te. Mi sto stancando delle cinque cose che sappiamo cucinare io e mio fratello."

Scossi la testa. "Sono sicura che sono più di cinque."

"Non che a noi piaccia cucinare. Onyx è un cuoco molto più bravo di noi due. Questo è stato un vantaggio."

"A proposito di Onyx..."

❧ 3 ❧
RANGER

Non è che non volessi parlare di quell'uomo. Il problema era più che altro che le nostre vite professionali erano sempre state talmente intrecciate che qualsiasi tipo di conversazione su di lui o su di me sarebbe stata piena di cose di cui non potevo parlare. "Che mi dici di quell'imbranato?" chiesi, cercando di iniziare la conversazione con una nota leggera.

"Ha detto di aver conosciuto Blanca tramite la sorella di lei."

"*Conosceva* sua sorella."

"Oh, parli al passato?"

Annuii. "È morta."

"Le mie sentite condoglianze."

"Grazie, ma non la conoscevo molto bene."

"Lei e Blanca erano gemelle, anche se, a parte l'aspetto, non si sono mai somigliate molto."

"Non lasciare che la tua zuppa preferita si raffreddi," dissi, facendole segno con il cucchiaio prima di mangiare un altro boccone della mia. Dovevo ammettere che dubitavo di averne mai mangiata una migliore.

"Stai cercando di cambiare argomento?"

Appoggiai il cucchiaio sul lato della scodella, presi il bicchiere di vino e mi appoggiai all'indietro sulla sedia. "Tra tutte le cose che conosco e di cui trovo affascinante parlare, Onyx non è una di queste."

Maisie posò il cucchiaio come avevo fatto io e bevve un sorso di vino. "E tu? La tua vita è un argomento di cui si può parlare?"

Strinsi gli occhi. "La mia vita? Wow. Che ne dici se invece torniamo ai tuoi piani per salvare il parco di divertimenti?"

"Ho condiviso con te le mie speranze e i miei sogni. Quali sono i tuoi?"

"Questo almeno restringe il campo. Vediamo. Speranze e sogni." Spinsi un po' indietro la zuppiera e appoggiai gli avambracci sul bordo del tavolo. "A dire il vero, ho sempre sognato di ritirarmi proprio qui a Canada Lake."

"Ma?"

Piegai la mano destra, poi la sinistra. Se Diesel fosse stato lì quella sera, al posto di Cowboy e Buster, che aveva assegnato alla mia scorta, avrebbe colto il mio segnale. Era quello che facevo quando cercavo di prendere tempo.

"Sono finito qui prima di quanto mi aspettassi."

"Perché?"

Guardai Maisie negli occhi e sorrisi. "Non ci andrai piano con me, vero?"

"Tu vorresti andarci piano con me?"

Scossi lentamente la testa e lasciai scivolare gli occhi sul suo corpo. "Mai."

"Ho l'impressione che non stiamo più parlando di speranze e sogni."

"Certo che sì. Almeno di sogni." Quando allungai la mano sul tavolo, lei vi posò sopra la sua. "Sogno di baciarti di nuovo."

"Lo sogno anch'io."

"Davvero? Vuol dire che ricordi che sono venuto alla tua festa di compleanno?"

"Non lo dimenticherò mai."

Mi portai la sua mano alle labbra e ne baciai il dorso.

"Avete finito la zuppa? La prossima portata sta per essere servita," disse Dick, sentendo il bisogno di riempire i nostri bicchieri di vino nel momento peggiore, per quanto mi riguardava, soprattutto quando Maisie tolse la mano dalla mia e si schiarì la gola.

"Non permetterei mai che andasse sprecata," disse, alzando lo sguardo su di lui.

"Visto che sono qui al Canada Lake, come posso aiutarti?" chiesi dopo aver preso l'ultima cucchiaiata del mio affogato al cioccolato, ovviamente il dessert perfetto da servire dopo una braciola di maiale ripiena con fagiolini, purè di patate e sugo di carne.

"Hai ordinato tutti i miei cibi preferiti." Maisie si appoggiò allo schienale e si massaggiò la pancia. Diversamente da me, che avevo mangiato fino all'ultimo boccone, lei aveva conservato almeno la metà di tutto da portare a casa.

"Condividerai gli avanzi con i tuoi nonni o li terrai per te?"

"Con i miei nonni? No. Con te? Assolutamente sì."

Sorrisi. "Probabilmente non avrò più fame fino a domani."

"Per me va bene." Maisie immerse il cucchiaio nel gelato e lo portò alla bocca. La ammirai stupito e sempre più eccitato, mentre lo lambiva con la punta della lingua. "Hai detto qualcosa sul fatto di aiutare?"

"Ehm..." Piegai entrambe le mani, desiderando che un po' del sangue che avevo in corpo tornasse al cervello, in modo da poter pensare in modo abbastanza lucido da rispondere. "Il parco di divertimenti. È da lì che hai detto di voler iniziare, giusto?"

"Oh, ti riferivi al salvare il Canada Lake." Immerse di nuovo il cucchiaio nella coppa di gelato.

Maisie Ann Jones stava diventando rapidamente la donna più sexy che avessi mai conosciuto. "Continua così, bellezza, e non ci sarà una sola cosa nella tua vita nella quale non ti aiuterò."

"Promesso?" chiese lei, mentre osservavo la sua lingua roteare intorno a quel dannato cucchiaio, incapace di pensare ad altro che a lei che faceva esattamente quello sul mio uccello.

C'ERANO ALMENO DIECI GRADI SOTTOZERO QUANDO CI avviammo verso il SUV, senza contare che sapevo che avevamo un pubblico. Erano le uniche due cose che mi impedivano di spingere Maisie contro il muro esterno della Northwoods Inn e infilarle la lingua in bocca, mentre le mie mani esploravano il resto del corpo. Non sapevo proprio come avrei fatto a tenere le mani lontane da lei, quando ci fossimo ritrovati all'interno del veicolo e il caldo si fosse fatto sentire.

Le aprii la portiera, l'aiutai a salire e la richiusi, contando fino a venti mentre giravo dietro al furgone fino al lato del guidatore. Salii, accesi il motore e alzai il riscaldamento, il tutto senza guardare la mia ragazza, perché sapevo che se l'avessi fatto non sarei riuscito a trattenermi dal saltarle addosso.

"Ranger?" la sentii dire sopra il rumore della ventola che avevo acceso al massimo.

"Sì?" risposi dando un'occhiata nella sua direzione.

"Non aspetterai a baciarmi fino a quando mi accompagnerai alla porta, vero?"

Ed ecco che ogni grammo del mio autocontrollo svanì. "Accidenti, no," dissi, allungando il braccio verso di lei nello stesso momento in cui lei si lanciava verso di me.

Baciarla era straordinariamente sexy, come ricordavo. Le afferrai il lato del viso con la mano, tenendola ferma mentre la mia lingua si intrecciava con la sua. Era l'unica cosa che potevo fare, per evitare di metterle entrambi i palmi sui seni, che erano schiacciati contro il mio petto, o farle scivolare la mano sotto il vestito e raggiungere il suo calore. Invece, la lasciai andare.

"Donna, mi stai uccidendo."

Lei si appoggiò al sedile. "Ci sono molte cose che vorrei farti, Ranger, e nessuna di queste finisce con la tua morte."

Avevo due possibilità. Potevo posare di nuovo le mani sul corpo di Maisie, nel qual caso sarebbe potuta sorgere l'alba prima che uscissimo dal parcheggio. Oppure potevo mettere in moto il SUV e portarla a casa.

Eravamo a metà strada prima che trovassi il coraggio di guardarla. Come avevo previsto, stava guardando nella mia direzione. "Non hai idea di quanto sia stato duro, bellezza."

"È ancora duro."

Sì, potevo confermarlo. L'ultima volta che ricordavo di essermi eccitato al punto di soffrire era stato otto anni prima, in quella stessa città, con quella stessa donna.

Se mi fossi fermato al mio campo, molto probabilmente me la sarei buttata in spalla, l'avrei portata in camera da letto e me la sarei scopata così forte che il giorno dopo nessuno dei due sarebbe stato in grado di camminare. Invece, ignorai le sue proteste quando arrivammo al bivio e proseguii dritto lungo strada che portava a casa dei suoi nonni.

Accostai nel vialetto, ma lasciai il motore acceso. Invece di scendere, mi avvicinai a Maisie, che fu felice di venire tra le mie braccia. La baciai di nuovo, come avevo fatto prima, poi appoggiai la fronte sulla sua.

"Nessuno di noi due ha intenzione di partire domani, il che significa che non dobbiamo affrettare i tempi."

Gli occhi di Maisie si fissarono nei miei. "Affrettare? Mi sembra di aver aspettato tutta la vita."

Non avrei potuto dirlo meglio, e ciò significava che meritavamo entrambi di assaporare quel momento. Negarsi l'un l'altro era difficile, ma ne valeva la pena, per l'intensità che si stava creando tra noi.

"Adesso scendo dal furgone e ti accompagno alla porta di casa, dove ti darò un casto bacio della buonanotte. Se faccio qualcosa di più, temo che tuo nonno Al uscirà con il fucile."

"Va bene," sussurrò lei, la voce altrettanto intrisa di lussuria della mia, ne ero sicuro.

Quando ci avvicinammo alla porta sul retro e vidi Mary che ci osservava dalla cucina, fui grato di aver indossato la giacca invernale lunga fino a metà coscia. Sapendo di non essere abbastanza forte da resistere alla bocca di Maisie se le nostre labbra si fossero toccate di nuovo, le baciai la fronte.

"Ci vediamo domani?" mi chiese mentre mi allontanavo.

"Conto su di te per portare quegli avanzi a casa mia per pranzo. Non vorrai mica rinnegare l'impegno, vero?"

"Solo se vuoi che venga invece a fare colazione."

Scossi la testa e sorrisi. "Non un minuto prima di mezzogiorno, Maisie Ann. Sono tredici ore da adesso. Pensi di farcela?"

"E tu?"

Quando mi girai come se volessi inseguirla, lei ridacchiò e si affrettò a entrare. Era un'ottima cosa, visto che Al aveva raggiunto Mary in cucina.

"Non ero sicuro che ti avremmo visto stasera," disse Jimmy, che era seduto in soggiorno insieme a Cowboy e Buster, tutti e tre con una birra in mano.

"Già, perché sono sicuro che ad Al non sarebbe affatto dispiaciuto, se Maisie mi avesse invitato a dormire da lei." Gettai un'occhiataccia ai due uomini che avevano finito il turno in anticipo. "Meno male che sono riuscito a tornare a casa senza problemi, visto che non avevo rinforzi."

"Certo che li avevi," disse Diesel, entrando dalla porta della cucina e andando dritto verso il frigorifero.

"Pensavo che ti fossi preso la serata libera."

"Ho vegliato su Al e Mary."

Spalancai gli occhi. "C'è una nuova minaccia?"

"Solo se qualcuno di diverso da noi ti tiene gli occhi addosso."

"E?"

Diesel guardò lo schermo del telefono. "Cessato allarme."

Mi sentii sollevato, dato che non volevo in alcun modo mettere un freno al nascente rapporto con Maisie. Se ci fosse stata una minaccia, sarei stato costretto a farlo.

"Si fermerà qui domani a pranzo." L'unica persona che sembrava avermi sentito era mio fratello.

"Vuoi che io sparisca?"

"Se tu e Onyx avete intenzione di lavorare qui accanto, non credo sia necessario." Mi guardai di nuovo intorno nella stanza. "Ma lui dov'è?"

"Ha deciso di andare a letto presto. Credo che il freddo stia esacerbando il dolore."

Quell'uomo era stato colpito due volte a bruciapelo ed era sopravvissuto a un incidente aereo. Se c'era qualcuno che meritava di restare a riposo e di curare i propri dolori, quello era il nostro capo.

Mi scolai il resto della birra nella bottiglia che avevo aperto quando ero entrato. "Credo che andrò anch'io a dormire."

"Sì, hai bisogno di tutto il sonno di bellezza possibile. Domani Maisie ti vedrà alla luce del sole."

"Vaffanculo," mormorai a Jimmy, gettando la bottiglia nel cestino del vetro e salendo i gradini due alla volta.

Mi spogliai senza accendere le luci e mi avvicinai alla finestra da cui potevo vedere il secondo piano del campo di Al e Mary. Se non fosse stato un comportamento da viscido guardone, avrei preso il binocolo per vedere se Maisie aveva lasciato la tendina della finestra aperta. Invece aprii l'acqua della doccia, sapendo benissimo che non sarei mai riuscito a dormire se non avessi alleviato la tensione.

❧ 4 ❧

MAISIE

Mi buttai sul letto per la seconda volta in quelle ultime ore, dimenticando quanto rumore facesse la rete cigolante. Rimasi immobile, in attesa che i miei nonni dicessero qualcosa. Non lo fecero.

Mi alzai e mi sbottonai il vestito, lasciandolo cadere a terra mentre facevo finta che Ranger mi stesse guardando. Mi slacciai il reggiseno, lo lasciai cadere ugualmente e mi strinsi i seni pieni, desiderando che fossero le sue dita a pizzicarmi i capezzoli, invece delle mie. Feci scivolare le mutandine dai fianchi e mi infilai tra le lenzuola ghiacciate del letto. Anche questo non servì a raffreddare il calore che avevo tra le gambe.

Ranger Messick era l'uomo più bollente, più sexy, più scopabile che avessi mai conosciuto, e non avevo intenzione di lasciar passare ancora molto tempo senza sapere come sarebbe stato sentirlo affondato dentro di me.

Ripassai con la mente ogni allusione sexy, ogni tocco giocoso, ogni bacio, ogni colpo di lingua, mentre mi concedevo la liberazione che sapevo essermi necessaria per dormire.

. . .

NONOSTANTE CIÒ, CONTINUAI A RIGIRARMI NEL LETTO PER quasi tutta la notte, decidendo infine all'alba di alzarmi e iniziare la giornata. Se mi fossi tenuta abbastanza occupata, forse il tempo non sarebbe trascorso troppo lentamente fino a mezzogiorno.

La prima cosa da fare era stipulare l'assicurazione che ci avrebbe permesso di aprire la sala da ballo nei fine settimana. Dato che ero riuscita a ottenere una polizza per eventi speciali per Capodanno, non pensavo di avere problemi a convertirla in una copertura completa. Fortunatamente, andò tutto liscio come avevo sperato.

Sapevo che non sarebbe stato altrettanto facile quando si fosse trattato di assicurare i giri sulle giostre, ma rimandai quel problema a un altro giorno.

Sorrisi quando, alle undici e mezza, il mio cellulare squillò: era Ranger.

"Mi stavo preparando a venire lì. Spero che siamo ancora d'accordo per il pranzo di oggi."

Lui si mise a ridere. "Ricordi ieri sera, quando ti ho chiesto se potevi resistere per tredici ore?"

"Certo che sì."

"Beh, sono io che ho esaurito la pazienza. Sto contando i minuti da quando mi sono svegliato stamattina. Forse non dovrei dirtelo."

"Perché no?"

"Non lo so. I ragazzi non dovrebbero fare i preziosi o qualcosa del genere?"

"No. Quelle erano le donne degli anni Cinquanta. Al giorno d'oggi, fare la preziosa è da escludere definitivamente."

"Significa che sei eccitata, Maisie?"

"Lo sono da ieri sera, e tu no?"

"Oh, sì."

Abbassai la voce a un sussurro. "Se devo essere del tutto sincera, ho dovuto fare qualcosa a tal proposito, prima di riuscire ad addormentarmi."

Sentii uno schianto, come se il telefono avesse colpito il pavimento, seguito da un fruscio.

"Tutto bene?"

"Sì, tutto bene. L'erezione che mi hai appena procurato mi ha fatto cadere il telefono di mano."

Non potei farne a meno: scoppiai a ridere di gusto.

"Certo, pensi che sia divertente. Aspetta solo che io riesca a riacciuffarti."

"Ti assicuro che sto aspettando con il fiato sospeso."

"Dannazione, ragazza. Porta qui quel dolce sedere... insieme al resto del tuo corpo delizioso."

"Devo preoccuparmi di portare gli avanzi?"

"Certo che sì. Avremo entrambi bisogno di nutrirci, visto quello che ho in programma per il resto della giornata."

ALLE QUATTRO DEL POMERIGGIO ERO PRONTA A STRAPPARMI I vestiti di dosso e a chiedere a Ranger di toccarmi... ovunque, non mi importava dove. O così, o rischiavo di prendere fuoco.

Quell'uomo ha continuato a giocare al gatto e al topo con me da quando sono arrivata. Prima ha insistito perché mangiassimo. Quando abbiamo finito, mi ha invitata alla porta accanto, per vedere i progressi che suo fratello e Onyx stavano facendo nel campo di Blanca. Dopodiché, mi ha proposto di fare un giro in macchina fino al Canada Lake Hotel, ormai in disuso, per vedere quanti investimenti ritenevo necessari per trasformarlo in un "resort indipendente."

Avrei potuto pensare che avesse perso interesse nei miei confronti, se non fosse stato per il modo in cui mi sfiorava con il corpo ogni volta che mi passava accanto. O per il modo in cui ogni tanto si avvicinava e sussurrava: "Posso fare qualcosa per te, Maisie Ann?"

Quando ritornò nel suo campo e girò intorno al furgone per aprirmi la portiera, ero pronta per lui. Mi tese la mano, ma invece di prenderla gli misi la mia sulla spalla e scivolai lungo il suo corpo finché i miei piedi non toccarono terra.

"Ho detto a mia nonna che sarei tornata in tempo per aiutarla a preparare la cena," dissi, cercando di liberarmi quando Ranger mi mise le mani sulla vita. "Buona serata e grazie per oggi. È stato... divertente."

Evidentemente l'avevo sbalordito, visto che quando mi guardai alle spalle era ancora fermo nello stesso punto, con gli occhi spalancati e la bocca aperta.

"Aspetta," lo sentii gridare quando arrivai alla macchina e aprii la portiera. Mi raggiunse di corsa. "Pensavo che saremmo stati insieme più a lungo."

Guardai l'orologio. "Direi che quattro ore sono il pranzo più lungo che abbia mai fatto."

"E dopo cena? Potremmo..."

"Mi sembra un'ottima idea. Perché non vieni verso le sette?" Mi infilai sul sedile del guidatore nello stesso modo in cui ero scivolata lungo il suo corpo. "Ci vediamo dopo, Ranger," dissi facendogli l'occhiolino e chiudendo la portiera.

Mentre mi allontanavo, guardai nello specchietto retrovisore. "Missione compiuta," mormorai tra me e me quando lo vidi in piedi dove l'avevo lasciato, con le mani sui fianchi, gli occhi spalancati e la bocca aperta.

"Ciao, tesoro. Com'è andato il pomeriggio?" mi chiese mia nonna quando entrai e mi tolsi il cappotto.

"Bene."

Lei sollevò un sopracciglio. "Solo bene?"

"Non esattamente come mi aspettavo. Allora, cosa c'è per cena?"

La nonna fece un cenno con la testa in direzione della casseruola. "Pollo e gnocchi."

Mi morsi il labbro inferiore. "Posso aiutarti a fare qualcosa? Che ne dici di accompagnare il tutto con un'insalata?"

La nonna aveva un'espressione altrettanto stupita di quella di Ranger.

"Cosa?"

"Un'insalata?"

Certo, non era da me suggerire di mangiare insalata. Fortunatamente, il mio metabolismo mi permetteva di mangiare praticamente tutto quello che volevo, senza preoccuparmi di ingrassare. D'altra parte, non stavo certo ringiovanendo. Forse era giunto il momento di prendere in considerazione l'idea di mangiare più verdure o almeno di aumentare l'apporto di fibre.

"Ci farà bene," borbottai, allungando la mano verso il frigo.

"Vieni a sederti con me," disse lei quando posai i prodotti sul bancone. "Mi sembri un po' giù di corda. Raccontami cos'è successo oggi."

"Niente." E non era forse quella la sincera verità? Anche se non mi ero aspettata che trascorressimo il pomeriggio a scompigliare le sue lenzuola, ero stata di certo impaziente di ricevere un bacio come saluto. Almeno quello. Sbattei via le lacrime che minacciavano di riempirmi gli occhi, facendomi sentire di nuovo una quattordicenne.

Mia nonna mise la mano sulla mia e mi strinse le dita. "Maisie?"

"A quanto ricordo, sono sempre stata cotta di lui."

"Sembra che la cosa sia reciproca."

"Lo pensavo e poi oggi... non so. È stato diverso."

"Beh, capisco che tu possa sentirti insicura. Voglio dire, nelle ultime quarantotto ore, Ranger è venuto a cena a casa nostra e ha trascorso la maggior parte del tempo conversando estasiato con te. Poi, ieri sera, siete usciti a cena, dopo di che sei praticamente entrata in casa e hai salito le scale fluttuando su una nuvola, e infine avete passato questo pomeriggio insieme. Quindi, sì, lo capisco."

"È solo così... così..."

"Bello," disse mia nonna. "Parola mia, quell'uomo potrebbe fare il modello." Si sventagliò il viso, si alzò e prese un bicchiere d'acqua.

Bello non era la parola che avrei usato, ma lo era di certo. E molto affascinante. La sera prima, a cena, avevo notato che si era tagliato la barba che aveva la sera prima, il che lo faceva sembrare più giovane di me. Ma ormai la barba era ricresciuta e quindi sembrava più rude.

I suoi lineamenti, con o senza peli sul viso, erano perfetti, come se fossero stati scolpiti, e negli anni trascorsi da quando ero rimasta folgorata dal suo fisico tonico, le sue spalle erano diventate più larghe e le sue braccia sembravano essere spesse il doppio. Immaginarlo nudo mi faceva battere forte il cuore e sudare le mani.

E io, invece? Non mi ero mai allenata in vita mia. Ero sempre molto attiva - era questo che determinava il mio metabolismo - ma i miei muscoli non erano affatto definiti. Forse avrei dovuto prendere in considerazione l'idea di iscrivermi a una palestra. La più vicina era però a Johnstown, a quarantacinque minuti da lì. Mi ero annotata mentalmente di aggiungere le strutture per allenarsi all'elenco dei servizi che sarebbero stati necessari per rendere il Canada Lake Hotel una destinazione degna di nota. Insieme a una spa di livello mondiale, naturalmente.

"L'ho invitato qui dopo cena."

Mia nonna sorrise. "Fammi indovinare. Ha accettato?"

Annuii. "Spero che vada bene."

"Questa è casa tua, Maisie. Non devi chiedere il permesso per invitare i tuoi amici. Inoltre, stasera io e tuo nonno saremo da Walt e Ida per il bridge."

"L'avevo dimenticato." Perfetto, ora Ranger avrebbe pensato che lo avessi invitato a casa per restare da soli. Forse avrei dovuto mandargli un messaggio, per dirgli che c'era stato un imprevisto.

Solo che da casa sua poteva vedere il nostro campo. Probabil-mente avrebbe visto i miei nonni che uscivano di casa.

"Tieni. Bevi questo." Mia nonna mi mise davanti un bicchiere di sherry. "Anzi, prendine due."

5

RANGER

"Dove è scappata Maisie?" chiese Jimmy quando lo raggiunsi in veranda.

"Ha detto che aveva promesso di aiutare Mary a preparare la cena."

"Ma?"

"Credo di aver combinato un casino." Gli raccontai di quanto avevamo flirtato e che nel pomeriggio mi ero tirato un po' indietro. "Questa cosa potrebbe essersi ritorta contro di me."

Jimmy guardò il lago e sospirò. "Sii semplicemente te stesso, Range. Sii te stesso e lascia che Maisie sia se stessa, e tutto andrà bene. È quando si inizia ad avere ripensamenti che cominciano i problemi."

"Avevo paura di essere sembrato troppo impaziente a cena... e soprattutto dopo."

"Maisie si è lamentata?"

"No. Anzi, ha detto che fare i preziosi è da escludere completamente."

"Eppure è quello che hai fatto."

"Non pensavo che sarebbe andata a casa. Pensavo che

avremmo cenato insieme e, sai, che avremmo passato la serata insieme."

"Quando pensi di rivederla?"

"Stasera. Mi ha invitato a casa sua dopo cena."

"Così hai ottenuto una seconda possibilità. Non rovinare tutto di nuovo."

Guardai il lago come aveva fatto lui. "Mi piace davvero, amico."

"Niente scherzi. Ecco come stanno le cose: da quello che ho visto, il sentimento è reciproco. Non stare a pensarci troppo. Vai avanti e basta."

"Capito."

"Hai fame?" mi chiese.

"Già. A cosa stai pensando?"

"Panini del Canada Lake Store? Te li offro se ci vai al volo."

"Chi sta volando?" chiese Wasp, raggiungendoci in veranda insieme a Swan.

"Faccio un salto a prendere i panini per la cena. Ne volete uno?"

"Io sì," disse Cowboy. "Quello con il roastbeef."

"Ne prendo uno anch'io," aggiunse Diesel.

"È in corso una specie di riunione di cui non sono a conoscenza?" chiesi quando vidi Onyx e Buster entrare dalla porta della cucina come avevano fatto gli altri.

"Credo che siamo tutti annoiati," disse Diesel, prendendo una birra dal nostro frigorifero e porgendomela. "Tranne te, cioè."

"Pensa di aver combinato un casino con Maisie."

Rivolsi un'occhiataccia a mio fratello.

"Come mai, figliolo?" chiese Onyx.

"Preferisco non parlarne più, grazie."

Swan si avvicinò e mi tolse di mano il menu del Canada Lake Store. "Cos'hai fatto?"

"Ha fatto il difficile," rispose Jimmy al mio posto.

"Funziona solo per le donne francesi," disse lui con aria distratta. "Prendo un panino al tacchino, per favore. Senza pane."

"Senza pane? Come fa a essere un panino, allora, sorellina?" chiese Onyx. Swan alzò gli occhi al cielo e si picchiettò lo stomaco.

"Sembra che anche tu abbia bisogno di eliminare i carboidrati, amico mio."

"Merda. Non solo ci stiamo tutti annoiando, ma stiamo anche ingrassando."

Swan gli diede uno schiaffo. "Forse tu, ma io no di certo."

"Ehi, stai permettendo alla tua donna di colpirmi, fratello?" disse Onyx a Wasp. A giudicare dallo sguardo che lui e Swan rivolsero al nostro capo, pensai che anche per loro ci fossero problemi in paradiso.

Ci volle un'ora perché il negozio giù al lago preparasse tutti i panini che avevamo ordinato e a quel punto io e Diesel, che era venuto con me, avevamo tracannato la nostra seconda birra e ci eravamo seduti nella loro veranda, sotto le lampade termiche.

"Ehi, Ranger," disse Mary, scendendo dall'auto quando Al si fermò vicino ai gradini. "Non mi aspettavo di incontrarti qui."

"Neanch'io pensavo di incontrarti." Mi chinai e salutai Al con la mano.

"Stiamo andando dai Bancroft per il bridge e avevamo finito la birra da portare con noi."

"Mi dispiace. Vi abbiamo svuotato il frigo un paio di sere fa."

Diesel andò ad aspettare in macchina mentre io seguivo Mary all'interno, pensando che il minimo che potessi fare era comprarle un paio di confezioni di birre per compensare quelle che io e mio fratello Onyx avevamo bevuto quando eravamo andati a cena da loro.

"Sembri abbattuto, proprio come Maisie," disse lei, cogliendomi mentre alzavo le spalle.

Alzai la testa di scatto. "Lei è abbattuta?"

Mary mi picchiettò la guancia. "Ti dico solo questo: non annullare l'appuntamento di stasera."

Annullare? Cavoli, stavo pensando di presentarmi in anticipo. "Non lo farò."

"Io e Al staremo fuori almeno fino alle undici. A meno che non stiamo vincendo. Allora potrebbe essere mezzanotte," aggiunse facendomi l'occhiolino.

"Ordinazioni per Ranger," sentii urlare la ragazza dietro il bancone.

"Sono io."

"Divertitevi stasera!" mi gridò dietro Mary.

"Anche voi!"

Dopo aver chiesto alla ragazza alla cassa di aggiungere le birre di Mary al mio conto, portai la scatola di panini al mio SUV, dove Al mi aspettava in piedi.

"Salve, signore. Cosa posso fare per lei?" chiesi.

"Puoi smetterla con queste stronzate del *signore*. Probabilmente non l'hai mai saputo, ma quando eri piccolo ti strofinavo del whisky sulle gengive per farti smettere di piangere."

Scoppiai a ridere. "Non lo sapevo. Funzionava?"

"Certo che funzionava. È andato bene per generazioni di bambini in fase di dentizione. Al giorno d'oggi, se si facesse una cosa del genere si finirebbe in galera."

"In ogni caso, non credo che tu stia lì fermo accanto al mio SUV solo per dirmi questo."

"No, in effetti." Diede un'occhiata verso il negozio, forse per vedere se Mary stava uscendo. "Sai che Maisie è la nostra unica nipote."

"Lo so."

"Qualcuno potrebbe dire che i suoi genitori non sono mai stati molto... genitoriali, se capisci cosa intendo."

Lo sapevo molto bene ma, dato che avevo origliato i pettegolezzi di mia madre, non lo dissi.

"Non è messa male, visto che ha avuto me e sua nonna nella

sua vita. Solo che a volte non è così sicura di sé come ci si aspetterebbe."

"Soffro anch'io per questa cosa."

Al sollevò un sopracciglio.

"Almeno per quanto riguarda tua nipote."

Lui scosse la testa e rise. "Non hai bisogno di consigli da parte mia, allora. Voi due troverete una soluzione." Avrei potuto giurare di averlo sentito dire: "Sono proprio fatti l'uno per l'altra," mentre se ne andava.

"Cos'è successo?" chiese Diesel, che mi stava aspettando nel SUV.

"Hanno tutti dei consigli da dare a me e Maisie."

"Consigli? Siete usciti insieme solo una volta. Per cosa diavolo ti serve un consiglio?"

"Come ho detto a mio fratello, lei mi piace davvero."

Diesel scosse la testa. "Sei un dannato agente segreto, Ranger. Hai partecipato a tutte le mie stesse missioni e non ti ho mai visto fare la femminuccia. Non cominciare con queste stronzate, adesso."

"Certo che no. È semplicemente che..."

"No, nessun *semplicemente*. Piantala con queste stronzate. Vuoi Maisie? Vai *a prenderla* e smetti di rimuginare su tutto, cazzo. Capito?"

"Capito."

"Grazie a Dio. Non voglio più sentir parlare di te..."

"Allora smetti di parlarne."

"Merda. Mi dispiace. Hai ragione. Sto per andare a cercare da solo chi ha messo una taglia sulla squadra K19, visto che mi sto annoiando a morte."

Dubito di aver mai divorato un panino tanto velocemente come questa sera. Tre minuti dall'inizio alla fine. Lo stesso vale per la doccia. Altri due per vestirmi ed ero pronto a uscire. Cavoli, ero in anticipo di mezz'ora, ma dato che sapevo che Al e Mary non erano in casa, stavo seguendo il consiglio del mio migliore amico. Volevo Maisie Ann Jones e stavo per averla.

"Ehm, ciao," disse lei, aprendo la porta quando bussai.

"Posso entrare?"

Lei si spostò di lato. "Certo. Tutto bene?"

Scossi la testa mentre chiudevo la porta dietro di me e la schiacciavo contro di essa.

"No?"

"No, ma lo sarà tra poco." Abbassai la testa e baciai Maisie nello stesso modo in cui l'avevo fatto la sera precedente nel furgone, lo stesso modo in cui avrei dovuto farlo appena l'avevo vista quella mattina e continuare a farlo per tutto il pomeriggio.

Appoggiai il mio corpo al suo e sentii i capezzoli indurirsi attraverso il tessuto della camicia. E finalmente, le misi le mani sotto il sedere e la sollevai in modo che potesse sentire esattamente quanto la desideravo. Trasferii entrambi sul divano e mi sedetti, tenendola sulle ginocchia in modo da poter continuare a baciarla per tutto il tempo che volevo o finché me lo avesse permesso.

Le divorai le labbra, la lingua, la bocca, e per tutto il tempo intrecciai le dita tra i suoi capelli, in modo da poter spostare l'angolo della sua testa a mio piacimento.

L'altra cosa che ottenni era impedirmi di toccare qualsiasi altra parte del suo corpo, perché anche se la desideravo da morire, nessuno dei due era pronto per l'intimità del sesso.

"Wow," disse lei, appoggiandomi la testa sul petto. A quel punto, non avevo idea di quanto tempo fossimo rimasti con le labbra incollate, e non mi importava. Sapevo solo che il sole era tramontato da tempo e che non avevo ancora smesso.

"Mi dispiace di essermi comportato da perfetto idiota oggi," sussurrai mentre le disseminavo baci lungo la mascella.

"Lo hai fatto assolutamente, e sei anche sicuramente perdonato."

Maisie alzò la testa e proseguì il nostro bacio, questa volta tenendo gli occhi spalancati e concentrati sui miei. Non ho mai tenuto il conto di quante donne ho baciato, ma posso dire con certezza che quella era la prima volta che avevamo entrambi gli occhi aperti.

Invece di andare in profondità, Maisie mi passò lentamente la punta della lingua su entrambe le labbra, prima di stuzzicarmi toccando la punta della mia. Non riuscii a trattenermi dall'immaginare come sarebbe stato quando lei avesse usato quella bocca su altre parti del mio corpo.

Si chinò all'indietro e mise la punta del dito nel punto in cui era stata la lingua. "Ho una proposta da farti."

Sollevai entrambe le sopracciglia. Mi stavo comportando da bravo ragazzo, per quanto possibile, ma se Maisie fosse stata la prima a proporre di far sesso, non avevo idea di come avrei potuto rifiutare.

"Mi piacerebbe sapere a cosa stai pensando in questo momento," disse, ma visto che non aveva spostato le dita dalle mie labbra, rimasi in silenzio. "Devo fare una ricerca di mercato e, per ottenere informazioni di prima mano, voglio visitare alcuni degli altri hotel e centri benessere di fascia alta del parco. Forse anche qualcuno al di fuori. Mi chiedevo se potessi aiutarmi."

Avvolsi la lingua intorno alle sue dita. "Dammele," dissi, afferrandole quando lei mi fece scorrere le loro punte umide lungo il collo, sapendo esattamente cosa sarebbe successo se l'avessi lasciata continuare. "Mi piacerebbe molto aiutarti. Dimmi solo come."

"Testare materassi, valutare massaggi di coppia, questo genere di cose. Oh, e il cibo. Anche quello sarà importante."

"Ci sto." Avrei dovuto imbrogliare un po' perché, in sostanza, non mi sarei dovuto allontanare al di fuori di un raggio di venticinque miglia dal mio campo. Tuttavia, se fossi riuscito ad accordarmi con Onyx e a far sì che un paio di ragazzi ci seguissero, c'era la possibilità che i grandi capi della K19 Security Solutions mi dessero il permesso di andare un po' più lontano.

Spostai un po' indietro Maisie sulle mie ginocchia. "Prima ci sono un paio di cose di cui dobbiamo parlare."

"Okay," disse lei, appena più forte di un sussurro. Aveva di nuovo spalancato gli occhi e si mordeva il labbro inferiore.

"Quanto ne sai di quello che faccio per vivere?"

"Probabilmente più di quanto pensi. Se è vero."

Inclinai la testa.

"Andiamo, Ranger. Qualche settimana fa c'è stata una sparatoria nel vostro campo e un elicottero di soccorso è atterrato nel prato. Poco dopo sono arrivati più SUV neri con i vetri oscurati di quanti ne abbia mai visti fuori da Washington. Se pensate che l'intera contea, forse persino l'intero parco, non si stesse facendo domande sull'accaduto, avete sbagliato mestiere."

"Hai detto: 'se è vero'. Che cosa intendevi?"

"Vuoi farmelo dire davvero?"

Sorrisi e annuii.

"Lavori per il governo."

Scoppiai a ridere. "Quale parte?"

"La parte segreta."

"Dillo con parole tue, Maisie."

"Ok, la CIA."

"Un tempo lavoravo per loro. E prima che tu mi chieda perché te lo sto raccontando, ogni singola persona che era qui quando è successa tutta quella faccenda è stata accuratamente controllata. Compresi te e i tuoi nonni."

"E i miei genitori?"

"Anche loro."

"Anche se non erano qui?"

"Anche così."

Il fatto che non avessi saputo che il parco di divertimenti di Sherman portava il nome di una persona reale della famiglia di

Maisie mi turbava ancora, ma non era il tipo di informazione che avrebbe dovuto essere inclusa in una relazione informativa.

"Quindi, sai che non sono una spia," disse lei.

"Non penso che sia necessariamente così. Dopotutto, la tua proposta comporterà un certo tipo di ricognizione." Mi portai il palmo della sua mano alle labbra e lo baciai. "Mi piacerebbe molto venire con te, ma prima di fare piani precisi, devo parlarne con le persone per cui lavoro."

Fece una smorfia. "Davvero?"

Feci la stessa smorfia. "Sì, e c'è dell'altro."

"Ancora?"

"Se riuscirò a venire con te, avremo compagnia."

"Oh, ehm..."

"Non direttamente con noi, ma per vegliare su di noi, per così dire."

"Cosa intendi esattamente per vegliare?"

"A meno che non siamo in pubblico, non sapranno cosa indossiamo... o non indossiamo."

"Riusciranno a sentirci... sai... quando parliamo?"

Risi di gusto. "Solo se lo voglio." Maisie sembrava aver ingoiato la lingua. "Sto scherzando. No, non potranno sentirci parlare o, ehm... fare altro."

"Ci stanno osservando adesso?"

"Sanno che io sono qui. Si stanno anche assicurando che non ci sia nessun altro che non dovrebbe esserci."

"E a cena, ieri sera?"

"Sì, erano nelle vicinanze."

Le guance di Maisie diventarono rosa. "Ci hanno visti nella tua macchina?"

"Ricordi cosa ti ho detto sul fatto che avevamo un pubblico?"

"Oh, mio Dio. Sono mortificata." Cercò di allontanarsi, ma la tirai di nuovo sulle mie ginocchia.

"Non devi esserlo. Sono sicuro che erano al corrente di quello che stava succedendo, ma dubito fortemente che abbiano guardato."

"Quanto tempo ci vorrà prima che tu sappia se puoi fare questa cosa oppure no?"

"Dovrei avere una risposta domani. Quando pensavi di partire?"

"Appena avrai la tua risposta."

Le sorrisi e le infilai il naso nel collo. "Mi piaci davvero, Maisie Ann Jones, e non sei la prima persona alla quale l'ho detto oggi."

"A chi altro?"

"Ai tuoi nonni."

Lei gemette. "Temevo che l'avresti detto."

"Non è una cosa negativa, bellezza. A proposito di Al e Mary, cosa penseranno di noi che andiamo via insieme?"

"Ho ventisei anni, Ranger, e sono andata all'università. Non penseranno niente, a parte mia nonna, che sarà contenta che io abbia finalmente smesso di rimuginare su di te."

"Lo facevo già un sacco da solo."

Mi avvolse un braccio intorno al collo e appoggiò la testa sulla mia spalla. "Lo facevo anch'io. Cioè, rimuginare su me stessa."

Le misi un dito sul mento. "Stabiliamo di non farlo più. Almeno non tra di noi."

"Non è così facile. Ci conosciamo appena."

"Pochi minuti fa hai detto che sai su di me più di quanto io creda. Lo stesso vale per te, tesoro."

"È vero, ma quelle sono cose, fatti, informazioni. Non quello che fa funzionare te o me."

Avvicinai la bocca al suo orecchio e vi soffiai dentro. "Scoprire cosa ti fa funzionare sarà la mia parte preferita," sussurrai.

6

MAISIE

O h... mio... Dio. Stavamo davvero per farlo. Se Ranger avesse ottenuto il permesso.

Avrebbe comportato qualche rischio. Dicevo sul serio quando ho detto che non ci conoscevamo davvero, non negli aspetti più importanti. Però ci avevo pensato, prima di fargli quella proposta.

Almeno nel primo posto in cui saremmo andati, avrei prenotato camere separate. Poi, non avremmo trascorso più di due notti nello stesso posto. In tal modo, se le cose si fossero fatte strane tra noi, saremmo tornati al lago e avremmo preso strade diverse. Infine, anche se avrei potuto ammortizzare le spese di quel viaggio, le avremmo divise a metà in modo che nessuno dei due si sentisse sfruttato.

Ranger mi passò un dito sulla guancia. "Cosa ti rende tanto pensierosa?"

"Regole."

Spalancò gli occhi. "*Regole?*"

"Parametri. Suona meglio?"

Lui scoppiò a ridere. "No."

"Voglio solo assicurarmi che abbiamo entrambi una via d'uscita, se ne abbiamo bisogno."

Mi spinse indietro sulle ginocchia e prese le mie mani tra le sue. "Senti, so che sembra che le cose tra noi stiano procedendo troppo velocemente, ma ti assicuro che non farei mai di proposito qualcosa che possa metterti a disagio. Se lo faccio, voglio che tu me lo dica. *Immediatamente.* Capito?"

"E viceversa?"

"Dubito che tu possa mai mettermi a disagio, ma certo. Se lo fai, te lo dirò."

"Posso chiederti una cosa?"

"Sono abbastanza sicuro che abbiamo già stabilito che puoi farlo."

Sorrisi quando lui mi fece l'occhiolino. "Hai mai avuto una relazione seria?"

"No."

La sua risposta fu così rapida ed enfatica che mi colse di sorpresa.

"E prima che tu dica qualcos'altro, a meno che non ne abbia avute nemmeno tu, non voglio saperne nulla."

"Non ne ho avute, ma in caso contrario, perché non vorresti saperlo?" gli chiesi.

"Ti ho detto che se non fossi partita per il college il giorno dopo la tua festa di compleanno, ti avrei reclamata come mia, Maisie. L'idea che qualcun altro l'abbia fatto prima di me mi manda un po' fuori di testa."

"Ehm... non sono vergine, Ranger."

"Ok, ma prima hai detto che non hai mai avuto una relazione seria, quindi significa che chiunque abbia fatto sesso con te non è una persona di cui ti importi." Ranger sussultò "Non che sia una cosa alla quale voglio pensare."

"Ok, beh, non volevo che ti facessi un'idea sbagliata. *Ho* già fatto sesso in passato."

"Non ne parliamo, ricordi?"

"Dubito che tu sia vergine."

"Non lo sono, ma non voglio parlare nemmeno di questo."

Anche se ero tentata di alzare gli occhi al cielo, in realtà trovavo la sua intransigenza piuttosto carina. "Quindi non parliamo di niente - cioè, di faccende sessuali - che sia successo in passato."

Ranger scosse la testa. "Considero i baci come "faccende sessuali" e sono assolutamente d'accordo di parlare della prima volta che abbiamo passato un paio d'ore a farlo. In effetti, se ricordo bene, è andata più o meno così."

Mi prese il viso tra le mani e premette la bocca sulla mia. Sì, era esattamente come lo ricordavo anch'io.

NON SENTII DI NUOVO RANGER FINO A DOPO LE TRE DEL giorno successivo; ci eravamo dati la buonanotte poco dopo che i miei nonni erano tornati a casa dalla loro partita di bridge.

"Fai le valigie," mi disse quando risposi alla chiamata.

"Davvero? Sono felice che tu possa venire."

"Avrei dovuto chiedertelo ieri sera, ma dove siamo diretti?"

"Ho pensato di iniziare da un posto relativamente vicino, ma ne rimangono molti altri che possiamo valutare."

"Uhm. Relativamente vicino. Provo a indovinare. Saratoga Springs?"

"Come hai fatto a indovinare?"

"Beh, a parte Lake Placid e forse Lake George, non mi viene in mente nessun altro posto in cui ci siano *diversi* posti da valutare."

E qui stava il problema più grande che dovevo affrontare nel tentativo di riportare il Canada Lake a come era nel suo periodo di massimo splendore. All'epoca, c'erano almeno due dozzine di altri laghi nella regione, che erano destinazioni altrettanto importanti di questo. Ora ce n'erano due perché, come diceva Ranger, Lake George non contava davvero.

"La prossima domanda. A che ora partiamo?"

Scoppiai a ridere. "Non dovremmo decidere prima il giorno?" Ranger non rispose, così pensai che la linea potesse essere caduta. "Pronto?"

"Sono qui."

Sembrava un ragazzino sconfortato. "Cosa c'è che non va?"

"Hai detto che potevamo partire non appena avessi avuto la mia risposta."

"Oh, mio Dio, non dicevo sul serio. Dobbiamo prenotare, decidere quali ristoranti vogliamo provare e cose del genere."

"Non possiamo farlo sul posto?"

"Immagino di sì, ma dovremo prenotare le camere."

"Dimmi dove, e me ne occupo io."

"Uhm, non c'è problema. Posso... ehm, farlo io."

"Maisie? Pensaci per un minuto. Dovrò fare più di una prenotazione, almeno per i posti in cui alloggeremo."

"Oh... giusto... beh... ehm..."

"Sputa il rospo."

Abbassai la voce, guardandomi intorno per vedere se i miei nonni fossero nelle vicinanze. Soprattutto mia nonna. "Pensavo che forse, all'inizio, dovremmo prendere stanze separate."

"Grazie per avermelo detto. Possiamo assolutamente farlo."

"Non ti dispiace?"

"Ieri sera ti ho detto che volevo che mi dicessi subito se avessi fatto o detto qualcosa che ti metteva a disagio. Condividere la stanza è l'esempio perfetto. Non sei pronta per questo, e lo capisco."

"Non sei deluso?"

"Ad essere sincero, non pensavo che stasera ne avremmo condiviso una."

Non potevo certo dirgli che ero delusa, quando gli avevo appena detto che era quello che volevo, ma mi sentivo così.

"Maisie? Allora. Camere separate. Che ne dici del... Saratoga Arms? Hanno una spa completa, una scelta di ristoranti e sono in attività da oltre cent'anni."

Anche se non poteva vedermi, alzai le sopracciglia. "Sarai molto bravo in questa faccenda."

Ranger grugnì.

"Perché lo hai fatto?"

"Stavo per dire qualcosa che ti avrebbe messo a disagio."

"Vai avanti."

"Ora non posso."

"Ok, facciamo marcia indietro. Cos'ho detto? Oh sì, ho detto che sarai bravo in questa faccenda. Vai avanti. Cosa stavi per dire?"

"Ora non posso," ripeté lui.

"Se lo dici, accetterò di partire stasera invece di aspettare fino a domani."

Ranger si schiarì la gola. "Ho intenzione di essere bravo in tutto quando si tratta di te, bellezza. Dannatamente bravo."

"Sarò pronta a partire tra mezz'ora."

AVEVO SISTEMATO TUTTO SUL LETTO ALL'INIZIO DELLA giornata, quindi avrei potuto essere pronta in cinque minuti. Prima, però, volevo fare un'altra doccia e mettermi abbastanza trucco da avere un bell'aspetto, ma senza dare l'impressione di essermi truccata. Poi c'era il problema di cosa indossare. Mi ci sarebbe voluto altrettanto tempo per decidere cosa indossare sotto perché, onestamente, pensavo davvero di poter resistere a non passare la notte tra le braccia di Ranger? Soprattutto dopo la sessione di pomiciate super-bollenti della sera prima.

"Toc, toc."

"Entra, nonna." La guardai da sopra la spalla. "Cosa c'è?"

Si avvicinò al letto dove giaceva la mia valigia aperta e infilò una busta di plastica sotto uno strato di vestiti.

"Che cos'è?"

Mi picchiettò la guancia. "Non ero sicura che avessi tempo di andare in farmacia, così ti ho preso una scatoletta di qualcosa per il tuo viaggio."

"*Nonna!*" sussultai, tirando fuori la borsa e sbirciando dentro la scatola di preservativi. Lei me la prese di mano e la rimise nella valigia.

"Non si sa mai, tesoro."

"Probabilmente mi servirebbe anche una bottiglia di sherry."

"Posso andare a prenderne una nella dispensa."

Le misi una mano sul braccio. "Sto scherzando. Sono sicura che lo servono ovunque Ranger abbia scelto di farci cenare stasera."

"È sempre un ottimo aperitivo. Soprattutto in inverno."

La circondai con le braccia. "Grazie."

"Non c'è di che, cara. Immagino che le cose siano andate bene ieri sera."

"Abbiamo parlato."

Mia nonna alzò un sopracciglio.

"Oh, mio Dio. Non ho intenzione di parlare di queste cose con te."

"Non fare la puritana, Maisie. Ho imparato tutto sugli uccelli e le api quando ero più giovane di te."

"Come stavo dicendo: non ho intenzione di parlare di queste cose."

Lei alzò gli occhi al cielo. "Va bene, allora. Quando pensi di tornare?"

"Probabilmente dopodomani, ma ti farò sapere se cambierò programmi."

"Spero che ti divertirai, tesoro. Ranger è un brav'uomo e voi due siete fatti l'uno per l'altra."

"Stiamo solo andando via per un paio di giorni. Non è una fuga d'amore."

"Sono successe cose più strane." Ammiccò e uscì dalla stanza.

. . .

"DOV'È LA NOSTRA COMPAGNIA?" CHIESI QUANDO RANGER MISE la mia borsa nel retro del SUV, dopo aver salutato i miei nonni.

"Sono qui in giro. È difficile che tu possa accorgerti di loro, se fanno bene il loro lavoro."

"Mia nonna mi ha dato una scatola di preservativi," sbottai quando ci ritrovammo nel SUV e ci avviammo verso l'autostrada.

Ranger si mise a tossire. "Capisco."

"Non volevo che pensassi che sono uscita a comprarli."

"Molto meglio se immagino tua nonna che lo fa."

"Potrebbe essere peggio. Potrebbe essere andato Al a prenderli."

Lui rabbrividì. "Sì, quell'immagine mentale è decisamente peggiore." Si avvicinò e mi avvolse la mano nella sua. "Non vorrei che pensassi che sono stato troppo ottimista, ma ne ho portati un po' anch'io."

"Siamo entrambi ottimisti, Ranger. Voglio dire, pensi davvero che ci sia la possibilità di non fare sesso?"

7

RANGER

Ovviamente, davo per scontato che lo avremmo fatto, visto che non riuscivamo a tenere le mani lontane l'uno dall'altra. Quello di cui non ero sicuro era se sarebbe successo quella sera.

Mi passarono per la testa tutti i consigli non richiesti che mi avevano dato, soprattutto quello di Diesel.

"Sto cercando di non rimuginare troppo," dissi alla fine. "Di lasciare semplicemente che le cose accadano."

"Sono completamente d'accordo."

Guidammo in silenzio ancora per qualche minuto, ma c'era qualcosa che volevo dire. Piuttosto che stare a "rimuginare" per l'ennesima volta, andai dritto al punto. "Mi hai chiesto se avevo mai avuto una relazione seria."

"Hai detto di no."

"È vero, ma non ho detto perché." La guardai e lei girò il corpo in modo da essere rivolta verso di me. "Potrei dare la colpa al lavoro che faccio, che avrebbe reso le cose difficili, se mai lo avessi voluto. Avere una relazione seria, cioè."

"Ti seguo."

"Non ho mai incontrato nessuna che mi interessasse così tanto."

"Nemmeno io. Sono uscita con qualcuno all'università, ma nessuno mi ha mai presa davvero."

Mi sentii rabbrividire e fu ancora peggio quando lei si mise a ridere.

"Oh, mio Dio, sei davvero così insicuro?"

Mi soffermai a riflettere per un attimo su quella domanda. "Insicuro? No, per niente. Anzi, probabilmente è il contrario."

"Hai molte cose di cui essere sicuro."

Le sorrisi. "Sarò felice di tornare su questo argomento più tardi, ma prima voglio concludere questa parte della conversazione."

Lei annuì.

"Non mi sono mai considerato un tipo geloso, ma non riesco nemmeno a *pensare* che qualcun altro possa metterti le mani addosso." Scossi la testa e guardai fuori dal finestrino nell'oscurità. "Mi sto trasformando in un cavernicolo."

Maisie ridacchiò. "Mi piace."

"Sì, beh, a me no," dissi flettendo entrambe le mani. "Comunque, torniamo alle relazioni, o alla mia mancanza di relazioni. Ieri sera ti ho detto che mi piaci davvero, Maisie. Dicevo sul serio."

"Anche tu mi piaci molto."

"Siamo d'accordo, allora. Quindi... direi di lasciare che questa cosa tra noi vada come deve andare."

"Ci sto."

"Il che significa che dopo il check-in al Saratoga Arms, metterò le nostre valigie nella stessa stanza. Poi, la cena."

"Ci sto comunque."

Avevo prestato attenzione. quando aveva stilato l'elenco delle cose per cui avrebbe avuto bisogno del mio aiuto. Avevamo stabilito di testare i materassi e la mattina dopo avrebbe avuto un paio di sorprese prima ancora di lasciare la stanza.

· · ·

DATO CHE NESSUNO DI NOI DUE ERA VESTITO PER UN LOCALE più elegante e che cambiarsi avrebbe significato non uscire più dalla stanza, optammo per il più informale dei ristoranti dell'Arms.

"È esattamente quello di cui parlavo," disse Maisie sfogliando il menu. "Sembra tutto così buono, ed è così diverso dal solito cibo da pub."

"Pensavo che potremmo scegliere delle cose da condividere."

L'espressione di Maisie si trasformò in un sorriso e lei fece una piccola danza sulla sedia. "Adoro quest'idea."

"Scegli prima tu."

Si picchiettò le labbra con un dito. "Sono indecisa tra le polpette di gamberi e le ostriche al forno al burro e aglio come antipasto."

"Voto per entrambe. E come portata principale, l'hamburger di agnello e manzo nutrito a fieno con pancetta e formaggio erborinato, e il pollo fritto al latticello."

"Hanno solo due dessert, quindi li prendiamo entrambi?"

"E una bottiglia di Prosecco per iniziare?"

Maisie fece finta di svenire. "Sono quasi certa di essere morta e di essere andata in paradiso."

Mi chinai in avanti e arricciai il dito per farla avvicinare. "Quello verrà dopo, bellezza. Per entrambi."

"DIMMI COSA PENSI CHE FUNZIONI DI SARATOGA SPRINGS COME meta di vacanze," chiesi dopo aver ordinato, mentre gustavamo i primi sorsi di vino.

Maisie rise. "Tutto." Si guardò intorno nella stanza affollata. "È solo a un'ora da Canada Lake, eppure sono mondi a parte."

Non potevo che essere d'accordo. "C'è un modo per scoprire da dove vengono tutte queste persone?"

"In effetti, ho un'amica alla Camera di Commercio che si è detta disposta a condividere le informazioni in suo possesso.

Quando le ho parlato dei miei progetti, ha convenuto che qualsiasi cosa facciamo non potrà che andare a vantaggio dell'intera regione. Inoltre, sai che Saratoga Springs non rientra nei confini del parco di Stato?"

L'avevo notato mentre venivamo qui, ma non ci avevo pensato molto. Non c'era un biglietto d'ingresso da pagare, come per i parchi nazionali. "Fa differenza?"

"L'imposta sulle vendite è più alta di un paio di centesimi e le aliquote dell'imposta sulla proprietà nello Stato di New York sono tra le più alte del Paese, il che rende più difficile qualsiasi attività commerciale, soprattutto le piccole imprese familiari."

"Hai detto che avresti iniziato questa campagna di rinnovamento restaurando il parco di divertimenti. Di cosa hai bisogno per realizzarlo?" Sebbene fosse già assodato che non ero esattamente bravo a martellare chiodi o a tagliare il legno, c'erano altri modi in cui potevo aiutare. Soprattutto dal punto di vista finanziario.

"È un enigma, onestamente. Per riaprire il parco di divertimenti, abbiamo bisogno che più persone vengano al lago. Per far sì che più persone vengano al lago, dobbiamo renderlo una meta di vacanze. Uno dei problemi che stiamo affrontando è la mancanza di alloggi. Intorno agli altri laghi c'è un numero di case vacanza dieci volte superiore a quello del Canada Lake. Come minimo."

Essendo stato lì l'estate precedente, sapevo che molti campi rimanevano vuoti per la maggior parte del tempo. "Dovrebbe essere abbastanza facile da risolvere. Cosa impedisce a qualcuno di inserire la sua proprietà in uno di quei siti web di affitti per vacanze?"

Maisie alzò le spalle. "Non sanno come si fa? Anche come gestirlo, probabilmente."

"Ci devono essere aziende che lo fanno."

Un sorriso si allargò sul bellissimo viso di Maisie. "Sei davvero così preso da questa cosa o mi stai solo assecondando?"

Scoppiai a ridere. "Forse sono più coinvolto di te." Era una faccenda nella quale potevo impegnarmi, almeno fino a quando la squadra delle Shadow Ops non avesse saputo che potevamo tornare al lavoro. Anche Diesel, se per lei andava bene.

"Ho un collega che potrebbe dare una mano."

"Più siamo, meglio è. Accetterò tutto l'aiuto possibile."

"Ho una domanda personale da farti."

Lei sollevò un sopracciglio. "Solo una?"

"So che hai detto che stai cercando investitori per l'hotel, ma per quanto riguarda il parco di divertimenti? Che tipo di investimento richiederà?"

"Non è una faccenda troppo personale. Voglio dire, per quanto riguarda lo Sherman's, non ha mai avuto debiti. Nonno Jones pagava tutto in contanti a quei tempi. Anche se prevedo che i costi dell'assicurazione per l'apertura delle giostre saranno astronomici."

"E come te la cavi per i fondi?"

"Ah, ecco la domanda personale. Se hai fatto un *controllo approfondito* sulla nostra famiglia, credo che tu sappia già la risposta."

"I dati finanziari sono indispensabili."

Maisie inarcò un sopracciglio. "Interessante. Beh, per rispondere alla tua domanda, posso fare qualcosa da sola, ma non tutto. Il problema è quanto denaro personale voglio investire. Poi ci sono i miei genitori e i miei nonni, ma vale lo stesso discorso. Potrebbero non voler investire nulla. Quindi, più fondi di investitori riesco ad assicurarmi, meglio è."

"Potrei essere interessato a investire."

Maisie strinse gli occhi e mi studiò. "Quello che ci serve è una somma importante, al di fuori del parco di divertimenti." Si strinse nelle spalle. "Che potrebbe essere anch'esso importante. Non ho ancora le cifre esatte."

"Quando le avrai, ne parleremo."

"Visto che me l'hai chiesto, te lo chiederò a mia volta. Non so molto della storia finanziaria della tua famiglia, ma tu... loro... voi, avete i mezzi per farlo?"

"Si tratterebbe di me, non della mia famiglia, e la risposta è sì. Ho i mezzi. Mezzi importanti."

"Domanda successiva."

Annuii.

"Perché?"

"Per diverse ragioni. Il fatto che sono cresciuto qui sarebbe quella più ovvia. Mi ricordo com'era quando ero bambino. Non che fosse niente di speciale, in confronto a quando i miei nonni e bisnonni frequentavano questo posto." Perlustrai la stanza con lo sguardo. "In base a ciò che vedo qui, ed essendo fuori stagione, il Canada Lake ha un potenziale alla cui ricostruzione vale la pena di partecipare."

Lei aprì la bocca per dire qualcosa, ma si fermò quando alzai la mano.

"La ragione meno ovvia è che credo in te, Maisie. Tutto quello che ho visto e sentito mi dice che fai le tue ricerche, che sei prudente nel tuo approccio e che il tuo modo di pensare è solido."

"Wow." Si sedette di nuovo al suo posto. "Spero di essere all'altezza."

Mi chinai in avanti, passandole le dita sul dorso della mano. "Sarai più che all'altezza, bellezza."

Trascorremmo il resto della cena parlando di alcune delle altre cose che Maisie aveva in mente per la riqualificazione del lago, che comprendevano un museo delle giostre e un centro visitatori interattivo che avrebbe permesso ai turisti di immergersi completamente in quelli che erano gli Adirondack quando erano stati costruiti i primi grandi campi alla fine dell'Ottocento.

Mentre la cena volgeva al termine, notai che Maisie sembrava sempre più nervosa. Avvicinai la mia sedia alla sua e misi un braccio sullo schienale. "Abbiamo due stanze prenotate per stasera, per te e per me. Non c'è nulla che ci impedisca di usarle entrambe stasera."

Lei sorrise. "Ah, sì?"

Piegai la mano che era dietro la sua schiena. "Per dormire."

"È solo che la cena è stata molto *d'affari*."

"Ho un po' rovinato l'atmosfera romantica, non è vero?"

"Lo abbiamo fatto entrambi."

"Allora direi di concludere la serata e di darci appuntamento a domani mattina." Avrei dovuto chiedere alla reception se era possibile riprogrammare la sorpresa che avevo organizzato per lei. In caso contrario, avrei pagato e prenotato di nuovo per il giorno successivo.

"Mi dispiace."

"Ehi, non devi scusarti. Non c'è nulla di cui dispiacersi. Nessuno parte per l'università domani, ricordi? Non abbiamo fretta."

Maisie si strinse nelle spalle, ma potevo percepire la sua preoccupazione e forse anche la sua delusione.

"È presto. Facciamo una passeggiata prima di concludere la serata." Anche se non erano rimaste molte decorazioni natalizie, avevo notato che il parco del Saratoga Arms era ancora illuminato con luci bianche intermittenti.

"Mi piacerebbe molto."

"Vado a prendere le giacche che abbiamo lasciato in camera e ci vediamo qui."

"Vado nel bagno delle signore."

Prima che io e Maisie ci separassimo nell'atrio, la avvolsi tra le braccia. "Mi piace stare con te. Non importa cosa facciamo. Posso dire onestamente che raramente mi sono sentito coinvolto come lo sono con te." Mi chinai e le baciai le labbra morbide. "Quando sarà il momento giusto, e non prima, condivideremo le lenzuola. Va bene?"

𝕤𝕤 8 𝕤𝕤

MAISIE

Mi sentivo un'idiota, ma non potevo sopportare l'idea che le cose tra me e Ranger fossero forzate. Fino a quel momento, tutto quello che era successo, dalla cena al bacio, ai discorsi sui miei progetti per il lago, era sembrato molto naturale.

Volevo che la prima volta che avremmo fatto sesso fosse così, non come se entrambi ci aspettassimo che accadesse per forza. Forse ero una sciocca romantica e lui pensava che fossi stupida, ma ciò non faceva che peggiorare la situazione.

E poi, Dio, quel corpo. Anche mentre mi chiedeva degli investimenti, facevo fatica a concentrarmi su qualcosa che non fosse il modo in cui il suo petto muscoloso sembrava incresparsi sotto la camicia. Solo dopo essermi costretta a guardare il suo viso e nient'altro che quello, riuscii a concentrarmi.

Lo guardai camminare verso l'ascensore, ammirando il modo in cui il suo sedere riempiva perfettamente i jeans e chiedendomi cosa mi fosse girato per la testa quando avevo escluso il sesso per quella sera.

Potrebbe comunque accadere. Giusto?

Scossi la testa. No, non poteva. Non era giusto continuare a dare a Ranger segnali contrastanti, soprattutto dopo aver detto che avremmo seguito la corrente e aspettato di vedere dove ci avrebbe portato questa cosa.

Ero ancora in piedi nello stesso punto quando l'ascensore si aprì e lui si diresse verso di me, con i cappotti in mano.

"Pronta?" chiese, sollevando la mia giacca in modo che potessi infilarci le braccia. Non potei fare a meno di pensare alla prima volta che mi aveva tenuto il cappotto e mi aveva detto che avevo un buon profumo. Sbirciai oltre la mia spalla e lo vidi con gli occhi chiusi, mentre faceva un respiro profondo, e ridacchiai.

"Hai un profumo così dannatamente buono," sussurrò, aprendo gli occhi e sorprendendomi a guardarlo.

"Anche tu."

Sospirò e mi prese la mano. "Andiamo a vedere i terreni. Sono importanti, no?"

"Assolutamente sì. I giardini qui sono spettacolari. Ecco un'altra cosa che l'hotel dovrebbe offrire: matrimoni."

"Un'altra ottima idea."

Scoppiai a ridere. "Forse non lo è. Mia nonna è una grande sostenitrice delle fughe d'amore."

"Sì? Aveva in mente qualcuno quando ha offerto quel suggerimento?"

Perché l'avevo detto? "Non ho detto che l'ha suggerito. È solo una sostenitrice. Loro sono scappati e si sono sposati un paio di giorni dopo la proposta di matrimonio di nonno Al, piuttosto che 'spendere tutti quei soldi'. Non so dirti quante volte ho sentito parlare della cifra 'astronomica' che mia madre ha speso quando lei e mio padre si sono sposati."

"La maggior parte dei matrimoni ai quali ho partecipato sono stati abbastanza semplici," disse Ranger alzando gli occhi al cielo. "Tranne quello di Jimmy."

"Ricordo di averne sentito parlare."

"Ehi, guarda!" Alzai la testa e seguii lo sguardo di Ranger fino a una pista di pattinaggio sul ghiaccio all'aperto. "Te la senti?"

"Certo! Se tu te la senti."

Ranger acquistò i biglietti e ci sedemmo per indossare i pattini a noleggio. "Abbiamo circa un'ora, prima che chiudano."

"Visto quanti anni sono passati dall'ultima volta che ho pattinato, probabilmente è più tempo di quanto mi serva."

Lui annuì ma non fece commenti. O non era mai stato sui pattini, o ci era nato.

"Sei un pattinatore esperto, vero?"

"Sono passati un paio d'anni, ma giocavo a hockey."

"Figuriamoci."

Rangers smise di allacciarsi i pattini e mi guardò. "Come mai lo dici?"

"Calcio, baseball, basket. È logico che tu abbia giocato anche a hockey."

"Hai ragione. Ho praticato tutti quegli sport."

"E io sono stata a guardare." Un'altra cosa che probabilmente non avrei dovuto ammettere, ma era la verità.

Lui sembrò stupito. "Davvero?"

Mi misi a ridere. "È davvero scoraggiante pensare a quanti giochi ho seguito, mentre tu non avevi nemmeno idea che fossi lì."

"Non sarei stato in grado di nominare una sola persona che fosse lì. Almeno all'epoca. Sono stato operato per la miopia solo dopo essere partito per l'università."

"Non ricordo che portassi gli occhiali."

"Non li portavo. Lenti a contatto. Per questo non riuscivo a vedere durante le partite. Per fortuna nel football giocavo in linea offensiva, quindi non dovevo vedere la palla che mi veniva lanciata."

"E da interbase nel baseball."

"Esatto."

"Te l'ho detto. Ogni partita."

"Aspetta, hai detto giochi. Intendevi *ogni* partita?"

Non ero nemmeno l'unica. Gli spalti erano pieni di fans di

Ranger Messick. "Tutte quelle in casa, comunque. Alcune delle partite in trasferta." Ripensandoci, le ragazze della mia classe avrebbero dovuto condividere l'auto. O affittare un pullman per risparmiare sulla benzina.

Ranger mi tese la mano e mi aiutò a salire sul ghiaccio. Per fortuna, ricominciai a pattinare come se lo avessi fatto il giorno prima.

"Guardati. Sei una professionista," disse Ranger, pattinando all'indietro ma davanti a me. "Mi piace vedere il tuo sorriso." Tirò fuori cellulare, fece scorrere lo schermo e lo tenne in mano. Io sorrisi, poi tirai fuori la lingua.

"Quante foto stai scattando?" chiesi quando continuò a tenerlo puntato su di me.

"Non sono foto. È un video."

"Smettila," dissi, mettendomi le mani davanti al viso. Lui rallentò e mi mise una mano sul polso.

"Ti prego, fatti vedere, Maisie. Mi togli il fiato."

Abbassai le mani, pattinai verso di lui e gli avvolsi un braccio intorno al collo. Lui si infilò il telefono in tasca e mi baciò.

Continuammo a pattinare per un'ora intera, ridendo, baciandoci e mettendoci in mostra per tutto il tempo. Mi facevano male le guance a forza di sorridere. "Grazie per tutto questo," dissi mentre ci toglievamo i pattini per restituirli. "È stato molto divertente."

"Penso che il Canada Lake Hotel abbia assolutamente bisogno di una pista di pattinaggio sul ghiaccio. Anzi, facciamone costruire una in città. Potrebbe ospitare tutti i tipi di tornei di hockey: squadre di club, delle superiori e persino squadre universitarie."

Osservai il suo volto animarsi sempre di più man mano che ne parlava. Il suo entusiasmo era contagioso e mi faceva venire voglia di accelerare il ritmo dei miei progetti. Dovevo ammettere di aver perso un sacco di volte la fiducia nel fatto che sarei riuscita a rimettere in piedi lo Sherman's.

Ci tenemmo per mano mentre tornavamo all'hotel. Quando passammo davanti a un'alcova vuota con un fuoco scoppiettante nel pozzo, condussi Ranger in quella direzione.

"Mmm, mi piace," disse quando lo spinsi sul divano all'aperto e mi sedetti sulle sue ginocchia.

Baciarlo fu come la prima sera nel suo furgone: eccitante e pieno di quel desiderio che provavo quasi ogni volta che stavo con lui. Fino alla cena di quella sera, quando mi sembrava che ci fossimo trasformati in soci in affari.

Gemetti quando sentii la sua mano sulla mia vita spostarsi verso l'alto, in modo che il suo indice mi sfiorasse il capezzolo.

"Va bene così?" chiese, spostando anche l'altra mano verso l'alto.

"Più che bene."

Fece girare i nostri corpi in modo che fossi al riparo da chiunque passasse e mi mise l'intera mano sul seno, impastando la carne. Mi baciò dalle labbra fino al collo.

"Ranger..."

"Sì, bellezza?"

"Portami nella nostra stanza."

"Sei sicura?"

"Sì, altrimenti inizierò a toglierci i vestiti proprio qui. Penso che dovremmo iniziare con i tuoi."

9

RANGER

Mi alzai in piedi con Maisie tra le braccia e la portai verso la hall dell'albergo, con le labbra sulle sue per tutto il tragitto. All'interno, avrebbe dovuto camminare direttamente davanti a me per nascondere l'erezione dura come l'acciaio che non avevo alcuna possibilità di domare. Sentivo ancora il suo capezzolo premermi sul palmo, anche se avevo tolto la mano dal seno pochi minuti prima.

Quando raggiungemmo l'ingresso della hall, la misi in piedi, la girai in modo che mi desse la schiena e le misi le mani sulle spalle. "Resta davanti a me finché non arriviamo all'ascensore."

Lei ridacchiò, ma fece come le avevo chiesto. Una volta dentro, con la porta chiusa, la spinsi contro la parete di fondo. Lei sollevò le gambe e me le avvolse intorno alla vita, mentre le sue braccia mi cingevano il collo.

"Hai idea di quanto ti desidero?"

Lei sollevò un sopracciglio. "È piuttosto evidente."

Appoggiai la fronte contro la sua. "Sei sicura?"

Maisie mi mise la mano sulla guancia. "Mi dispiace per prima. O mi dispiace per adesso. So che sto inviando messaggi contrastanti."

"Non essere dispiaciuta. Sii solo sicura."

"Anch'io ti desidero. Talmente tanto che fa male." Fece un cenno con la testa verso il pannello dell'ascensore. "Probabilmente dovremmo premere uno di quei pulsanti."

Allungai le mani dietro di me senza farla scivolare a terra e premetti il numero del nostro piano. Quando l'ascensore suonò e la porta si aprì, la portai nella stanza dove avevo lasciato le nostre valigie. Non lo sapeva, ma era la *sua* stanza. La lasciai andare, ma solo perché non riuscivo a raggiungere la chiave magnetica con lei in braccio.

Sentii ogni centimetro del suo corpo scivolare contro il mio, mentre armeggiavo per cercare di infilare la carta nella fessura nel modo giusto.

Maisie allungò le mani dietro di me e mi afferrò il sedere. "Hai un sedere dolcissimo," disse, stringendo. "Ed è così duro. Chi avrebbe mai detto che un culo potesse avere così tanti muscoli?"

"Shh," sussurrai quando sentii l'ascensore suonare di nuovo, proprio nel momento in cui la porta della stanza finalmente scattava, indicando che avevo inserito la carta nel modo corretto.

Riportai la mia bocca sulla sua il più velocemente possibile e le mie dita si intrecciarono ai suoi capelli in modo che non potesse staccarsi da me finché non fossi stato pronto.

Mi piaceva baciare quella donna. Se le bellissime sensazioni che mi procurava la sua bocca erano un indice di come sarebbe stato il sesso tra noi, i nostri corpi erano fatti l'uno per l'altro.

Spostai una mano dai suoi capelli, infilandola sotto il maglione per poter sentire il peso della pienezza del seno nella mano. "Hai delle tette fantastiche. Ho bisogno di assaggiarle."

Maisie si tirò il maglione sopra la testa. "La chiusura è davanti."

Sganciai il reggiseno, camminai all'indietro verso il letto e la feci mettere tra le mie gambe. "Dio, Maisie. Sei così sexy, cazzo."

Le strinsi le due protuberanze in modo da avere i due capezzoli in bocca contemporaneamente, mentre lei si scrollava il reggiseno dalle spalle.

"Ranger," gemette.

"Cosa, bellezza? Dimmi di cosa hai bisogno."

"Di te. Nudo."

"Non muoverti." Allungai il braccio dietro di me, mi tirai la camicia sopra la testa e la gettai sul pavimento. Slacciai la chiusura dei suoi jeans e abbassai lentamente la cerniera.

Mi chiesi se fosse il caso di lasciarle le mutandine, ma il pensiero di Maisie completamente nuda mi rese estremamente impaziente. "Toglile," dissi dopo averle spinto i jeans e la biancheria intima fino alle ginocchia.

Lei se le sfilò da un lato, ma io non riuscii ad aspettare. Non appena aprì le gambe, infilai un dito nel suo calore stretto e umido e mi chinai in avanti per attaccare il clitoride con la lingua. Lei si sfilò gli slip con l'altro piede e intrecciò le dita nei miei capelli. L'ultima cosa che mi aspettavo era che si tirasse indietro, ma lo fece.

Si inginocchiò tra le mie gambe e mi mise le mani sulla cintura dei jeans. "Toglili," disse, usando lo stesso tono esigente che usavo io con lei.

"Tira, tesoro." Quando lo fece, i bottoni dei miei 501 si aprirono e il mio uccello duro e impetuoso schizzò fuori.

Maisie si sporse in avanti per leccare la punta, ma io la fermai. "Non ancora."

Emise un piccolo mugolio quando la tirai in piedi e feci girare entrambi. La feci sdraiare sul letto e la seguii, spingendola ad aprire le ginocchia.

I suoi occhi incontrarono i miei e lei mise la mano al centro del mio petto. "Preservativo."

"Giusto." Mi voltai verso il punto in cui avevo gettato i jeans e tirai fuori il portafoglio. "Non preoccuparti, ne ho altri," dissi quando lei sollevò le sopracciglia.

"Mettilo."

"Sei una cosina che necessita attenzioni, vero?"

"Non hai idea di quanto a lungo ho fantasticato su questo, Ranger." Diede un'occhiata al mio uccello. "Sono felice di dire che la realtà è ancora meglio."

Mi allineai alla vagina e mi feci strada lentamente dentro di lei. Mi fermai e la osservai. Era così stretta. Non volevo farle male.

"Di più," implorò.

Andai di nuovo piano, lasciando che il suo corpo si adattasse alle mie dimensioni.

"Ti prego, Ranger, dammelo tutto."

Lo feci. Una spinta e fui completamente dentro. Il mio corpo tremava mentre cercavo di controllarmi, ma Maisie non ne volle sapere. Avvolse le gambe intorno a me e agitò i fianchi. Quando la vagina mi strinse, non riuscii a trattenermi. Spinsi dentro di lei un paio di volte, poi mi costrinsi a rimanere fermo.

"Dimmi su cosa fantasticavi."

"Le tue mani, la tua bocca, tutto il tuo corpo."

"Credimi, bellezza, ci riusciremo. Farò diventare realtà tutte le tue fantasie."

"Ti prego, non fermarti," mi implorò quando ricominciai a muovermi lentamente. Le infilai la mano tra le gambe e le tracciai dei cerchi intorno al clitoride con la punta del dito.

"Voglio vederti venire, Maisie." Sottolineai quelle parole con spinte profonde e fissai i miei occhi nei suoi. "Dì il mio nome."

"Dio, Ranger, ci sono, *per favore*."

Le pizzicai il clitoride e lei gridò, crollando tra le mie braccia. L'espressione del suo viso, che speravo di vedere altre mille volte nel corso della vita, mi spinse oltre il limite. Quando mi lasciai andare, Maisie mi afferrò la nuca e mi attirò in un bacio.

Per quanto volessi ruggire durante l'orgasmo, le sue labbra, la sua lingua sulla mia, lo trasformarono nel migliore che avessi mai avuto.

"È stato... non ho parole." Mi lasciai cadere sul letto e Maisie mi salì sopra.

"Io ho una sola parola."

"Sì? Stupendo? Meraviglioso? Incredibile?"

Scosse la testa. "Di più."

La avvolsi tra le braccia e attirai il suo corpo contro il mio. "Maisie Ann Jones, tu sei la realizzazione di tutti i miei sogni."

"Sì? Beh, anche tu per me."

"Aspetta. Dove stai andando?" chiesi quando lei si staccò da me.

"Altri preservativi." Aprì la cerniera della valigia e tirò fuori un pacchetto. "Non avrei mai pensato di dirlo mentre sono nuda con un ragazzo nel mio letto, ma grazie al cielo c'è nonna Mary."

Ringhiai quando la tirai di nuovo su di me. "Non un ragazzo nudo. Io. Non avresti mai pensato di dirlo mentre eri nuda a letto con Ranger Messick."

Lei ridacchiò. "Esatto. Nuda con *Owen* Messick."

"Ancora meglio."

"Vai via," gemette Maisie quando un colpo alla porta ci svegliò la mattina dopo. Dopo una notte trascorsa dormendo pochissimo e facendo l'amore, ero tentato anch'io di tirarmi il cuscino sulla testa. Tuttavia, due sorprese attendevano la donna il cui corpo era probabilmente altrettanto indolenzito del mio.

"Arrivo," gridai, alzandomi dal letto e afferrando i jeans.

"Cosa? No! Torna a letto," mi implorò Maisie.

Prima di rispondere, mi chinai e la baciai. "Ne vale la pena. Te lo prometto."

Maisie si tirò le coperte sopra la testa.

Aprii la porta e presi il vassoio della colazione dal ragazzo del servizio in camera. Il giorno prima avevo preso accordi per l'addebito sul conto della mia camera, aggiungendo la mancia. Mi feci un appunto mentale di parlarne con Maisie più tardi. Quello era un servizio che anche il Canada Lake Hotel avrebbe dovuto offrire ai suoi ospiti. Non mi sarebbe affatto piaciuto dover firmare un assegno in quel momento, mezzo nudo e mentre cercavo di destreggiarmi con un vassoio con del caffè bollente.

"Grazie, signore." disse il ragazzo mentre chiudevo la porta con il piede.

Quando girai l'angolo verso il letto, Maisie si scostò le coperte dal viso. "È *caffè?*"

"Ti ho detto che ne valeva la pena."

Quando lei si mise a sedere, il lenzuolo scivolò via, esponendo i seni, e il lieve freddo della stanza le fece indurire i capezzoli. Posai il vassoio della colazione sulla scrivania, mi abbassai i jeans e le salii sopra. Lei scoppiò in una risatina.

"La mia barba. La tua povera pelle," mormorai, facendo scorrere la punta delle dita sui segni rossi che macchiavano quella pelle altrimenti perfetta.

"Ti perdono se mi versi una tazza di caffè. Dio, che buon profumo."

Quando mi alzai, controllai l'ora sul mio cellulare. Mancavano due ore all'arrivo della sua sorpresa successiva.

"Come prendi il caffè, bellezza?"

"Posso versarlo io. Stavo scherzando quando te l'ho chiesto."

"Puoi versarlo domani."

Maise si alzò comunque dal letto, si avvicinò e mi mise le braccia intorno alla vita. Amavo la sensazione del suo corpo nudo appoggiato alla mia schiena. "Solo un po' di panna, per favore." Sbirciò intorno a me. "Wow, guarda quanta bontà. Frutta e croissant. Non l'ho ordinato io, l'hai fatto tu?"

"Sì, devo confessarlo."

"Sarebbe bello se la includessero nella camera, invece delle solite schifezze continentali che la maggior parte dei posti offrono come colazione. Il problema sono i costi." Preparò un piatto, lo posò sul comodino e andò in bagno. Quando uscì, indossava un accappatoio e me ne porse uno. "Hai qualche idea su cosa ti piacerebbe fare oggi?"

"Ne ho un paio," risposi, ammiccando mentre davo un morso al croissant burroso. "E tu?"

"Vorrei dare un'occhiata a qualche altro hotel poi, nel tardo pomeriggio, devo incontrare la mia amica della Camera di Commercio."

"Vuoi rimanere qui anche stanotte?"

Maisie spalancò gli occhi. "Vuoi tornare al lago?"

Scoppiai a ridere. "Niente affatto. Sarei felice di prolungare il nostro viaggio. Ho pensato che forse ti sarebbe piaciuto confrontare alcune delle altre sistemazioni e i loro servizi."

"Dici sul serio?"

"Quale parte? Prolungare il nostro viaggio? Assolutamente sì. Non ho fretta di tornare nel posto in cui tu dormi in un campo e io in un altro."

"Non sei stanco di me?"

La attirai tra le braccia. "So che sembra assurdo, ma non riesco a immaginare di potermi mai stancare di stare con te."

Si avvicinò e mi baciò. "Provo la stessa cosa."

"Ok, allora dove andiamo dopo?"

MENTRE MANGIAVAMO, STABILIMMO QUALI LAGHI VOLEVAMO visitare per un paio d'ore e dove volevamo pernottare. Maisie chiamò i suoi nonni per informarli che saremmo stati via ancora per qualche giorno, mentre io riempivo la vasca da bagno per due persone in cui immergerci.

"Questa sì che è vita," disse, accoccolandosi tra le mie gambe nel bagno caldo. "Ed è un problema del nostro campo: i bagni sono semplicemente funzionali."

"Almeno non dobbiamo usare i gabinetti esterni."

Maisie si mise a ridere. "Mio nonno ha demolito il nostro prima che io nascessi."

Le spostai i capelli su una spalla, le coprii i seni con i palmi delle mani e le baciai il lato del collo. "Ho qualcos'altro in programma per noi stamattina."

"L'hai programmato?" Mi coprì le mani con le sue e le strinse.

"Girati e mettiti a cavalcioni su di me." La aiutai ad alzarsi e a girarsi. Invece che sulle mie ginocchia, la posizionai sulle mie cosce. "Mi piace avere accesso a queste," dissi, facendo a turno con i capezzoli, prima di allungare la mano per toccare le rotondità del suo sedere delizioso.

"Ranger," miagolò, accarezzandomi il pene. "Ho bisogno di averti dentro di me."

Gemetti, perché desideravo la stessa cosa. "I preservativi sono nell'altra stanza."

"Prendo la pillola." Si morse il labbro. "E non sono stata con nessuno da più tempo di quanto voglia ammettere."

Valeva lo stesso per me. In effetti, era passato così tanto tempo che non riuscivo a ricordare l'ultima volta che ero stato con una donna. "Non ho mai fatto sesso senza preservativo."

"Ok." Lei lasciò andare l'uccello e scivolò indietro, come se si stesse alzando.

"Torna qui." La afferrai per la vita e la feci avanzare. "Non ho mai fatto sesso senza preservativo *fino ad ora*. Fino a te."

"Sei sicuro?"

"Sì, se lo sei anche tu."

La sollevai. L'uccello era così duro che, quando lei posizionò la vagina sulla punta e si abbassò su di me, fui sepolto fino all'elsa dal suo calore. Non avevo mai provato prima la sensazione della pelle sulla pelle. Il piacere era quasi troppo intenso. Le afferrai la vita, rallentando il suo movimento. "Baciami, Maisie."

Lasciai che fosse lei a controllare l'urgenza della sua bocca sulla mia, così come lasciai che fosse lei a stabilire il ritmo della vagina sul mio uccello. "Dio, donna," grugnii quando si sollevò abbastanza da avere solo la mia punta dentro di lei, poi affondò di nuovo fino in fondo.

I seni rimbalzarono quando iniziò a muoversi più velocemente. Gettò la testa all'indietro e si aggrappò ai lati della vasca. Quando avvertii che si stringeva e sentii i suoi mugolii di piacere, le misi le mani sul sedere e spinsi con i fianchi.

"Avanti, bellezza. Apri gli occhi e guardami."

Lei ansimò e gemette il mio nome, fermandosi quando sentii le sue pareti stringersi intorno a me.

"Così, tesoro." Aumentai lentamente il ritmo finché non riuscii più a trattenermi. Venni dentro il suo corpo, per la prima volta in vita mia senza la protezione del preservativo. Niente mi era mai sembrato così bello o così giusto. Non avrei dimenticato quel momento per tutta la vita, e non volevo che finisse. "Non muoverti. Resta dove sei."

Maisie mi appoggiò la guancia sul petto. "È così bello, vero?"

"Bello? No. È il miglior sesso della mia vita."

"Anche per me."

Rimanemmo così, con i corpi ancora uniti, finché l'acqua non cominciò a raffreddarsi. Aprii la bocca per dirle della sorpresa successiva, quando Maisie si spostò da me.

"Ho bisogno di mangiare, se vogliamo mantenere questo ritmo."

"Ci sono degli asciugamani nello scaldino," dissi indicando l'altro lato del bagno.

Maisie spalancò gli occhi. "Davvero? Dio, dobbiamo fare tutte queste cose." Ne tirò fuori uno, lo avvolse intorno a sé e si morse il labbro. "Costerà una fortuna."

Mentre la maggior parte della mia attenzione si era concentrata su Maisie e sul suo meraviglioso corpo nudo, in fondo alla mente continuavo a pensare ai suoi progetti per la comunità che significava così tanto per entrambi. Ero nella posizione di poterne realizzare almeno una parte. Per quanto desiderassi vedere il suo caldo sorriso ogni giorno, credevo anche che avesse in mente qualcosa che valeva la pena di perseguire.

Avevamo appena finito di fare colazione quando bussarono di nuovo alla porta.

"Wow. Ottimo tempismo. È il pranzo?"

"Ehm, non proprio, ma qualcosa che spero troverai ugualmente piacevole."

Maisie si appoggiò ai cuscini e mise le mani dietro la testa. "Non c'è altro che piacere quando sono con te, Ranger."

"È quello che mi piace sentire."

"Devo fare qualcosa?" mi chiese quando strinsi la cintura dell'accappatoio.

"Preparati a rilassarti."

"Oh, mio Dio. Non dirmi che l'hai fatto?"

"Invece sì," risposi da sopra le spalle, mentre aprivo la porta per far entrare i due massaggiatori che erano arrivati per il nostro appuntamento. Avevo prenotato un uomo e una donna, ma il Neanderthal che c'era in me si fece sentire quando vidi il ragazzo che avevano mandato. Non gli avrei mai lasciato mettere le mani su Maisie.

"Ha una preferenza per..."

Indicai la donna. "Tu per lei."

Maisie ridacchiò, scese dal letto e mi abbracciò. "Neanche io avrei voluto che *lei ti* toccasse."

Sistemarono i lettini, ci dissero cosa ci aspettava e uscirono dalla stanza. "Voglio poterti toccare," dissi quando fummo entrambi a faccia in giù e allungai il braccio tra noi. Maisie fece lo stesso e ci afferrammo le mani.

"Grazie per tutto questo, Ranger."

"Ricerche di mercato, giusto?"

"Non so cosa ne pensi, ma io sono disposta a smettere di pensare agli affari e a iniziare a pensare a quello che faremo una volta finiti i massaggi." Maisie girò la testa e mi fece l'occhiolino.

"Fantastico. Ora non potrò più girarmi sulla schiena per tutta la durata di questa cosa."

❧ 10 ❧

MAISIE

Mi sentivo in un bozzolo di felicità da cui non avrei mai voluto uscire. Ranger era dolce, intelligente, sexy, per non parlare del fatto che era il ragazzo più bello con cui fossi mai stata. In realtà, era il ragazzo più bello che avessi mai conosciuto.

Quando ero al liceo, se qualcuno mi avesse detto che dopo pochi anni mi sarei ritrovata lì e con chi sarebbe successo, gli avrei detto che avevo più probabilità di vincere alla lotteria.

Eravamo a metà del nostro massaggio e non ci eravamo ancora lasciati la mano. Amavo la sensazione delle nostre dita intrecciate e il fatto che fossimo ancora uniti. Non avrei mai voluto lasciarle andare. Mai.

Sapevo esattamente cosa intendeva quando aveva detto che non aveva fretta di tornare nel posto in cui io dormivo in un letto e lui in un altro. Dopo una sola notte, sapevo già che mi sarebbe mancato.

Avevamo deciso di fermarci un'altra notte lì al Saratoga Arms, prima di andare a Lake George per altre due notti. Dovevo anche andare a Lake Placid entro la fine della settimana, per un incontro con dei potenziali investitori. Non sapevo bene perché non ne avessi parlato a Ranger. Un attimo. Non era vero. Non glielo avevo detto perché una delle persone che avrebbero partecipato all'incontro era un uomo con cui avevo avuto una relazione quando ero all'università.

Ero stata onesta con lui. Non era una cosa seria. In realtà, quel ragazzo aveva finito per avere un'altra *relazione* nello stesso periodo in cui usciva con me.

Il fatto di essere stata ingannata mi aveva fatto sentire tanto umiliata quanto incazzata. E anche se non volevo vedere mai più quel tipo, lui si era imbucato a forza in quella riunione quando un amico comune, con cui avevamo frequentato la Tuck, si era lasciato sfuggire che si sarebbe svolta.

Il fatto che fosse così subdolo e furbo - e un imbroglione - mi spinse a chiedermi se non avrebbe semplicemente preso le mie idee e lanciato una propria campagna di sviluppo. Non potevo escluderlo. Soprattutto se gli altri potenziali investitori avessero mostrato sufficiente interesse.

"Rilassati. I tuoi muscoli sono diventati tesi," mi sussurrò all'orecchio la donna che mi faceva il massaggio.

Ranger mi strinse la mano. "Cosa c'è che non va, bellezza?"

"Niente. Solo un'abitudine, credo." Quella risposta non aveva senso, ma invece di farmi altre domande, mi strinse un'altra volta la mano.

FORSE ERA COLPA DELLA MANCANZA DI RIPOSO DELLA NOTTE precedente, ma quando mi girai sulla schiena per la seconda parte del massaggio, mi addormentai. Odiavo quando lo facevo. Mi sembrava scortese. L'altra cosa era che dormivo mentre *avrei dovuto sentire* che i miei muscoli si rilassavano. A cosa serviva il massaggio, se non lo si sentiva?

Ranger accompagnò i massaggiatori alla porta, tornò e si sedette accanto a me sul letto. "Direi che questa esperienza ha avuto esattamente l'effetto contrario di quello che ci si aspettava."

"Mi dispiace." Ero di cattivo umore e avrei voluto tirarmene fuori.

"Vieni qui." Ranger salì sul letto e mi prese tra le braccia. "Non so tu, ma io avrei bisogno di un pisolino, seguito da una bella cena."

"Non dovrebbe essere il contrario?"

"Ecco come stanno le cose: non voglio dormire troppo a lungo, quindi conto sulla fame per svegliarmi." Mi fece accoccolare più vicina. "Dai, dormiamo."

Non ci riuscii. Rimasi sveglia, preoccupata per la riunione imminente. Non ero del tutto preparata. Quella era una parte del problema. Mi chiedevo anche quanto sarebbe stato grave se avessi contattato il mio amico per chiedergli di non invitare il signor Smarmy.

"Sei ancora tesa."

"Mi dispiace," ripetei, liberandomi dalle sue braccia e alzandomi dal letto. "C'è qualcosa che devo dirti."

Ranger si appoggiò sui gomiti e si sollevò.

"Venerdì ho una presentazione a Lake Placid, davanti a un potenziale gruppo di investitori."

Lui contò sulle dita. "È tra quattro giorni." Socchiuse gli occhi. "Hai paura che io sia d'intralcio?"

"No. Sì. No."

"Sono contento che ci siamo chiariti." Ranger scese dal letto e mi si avvicinò. "È la tua riunione, bellezza. Non interferirò. So diventare invisibile." Ridacchiò. "Nascondermi in bella vista è un po' il mio mestiere."

Sentirgli dire che sarebbe stato presente, anche se non visibile, mi fece sentire meglio e peggio allo stesso tempo. Non avevo mai avuto paura di una presentazione. Perché mi stata succedendo? Non aveva senso, ma non riuscivo a liberarmi dalla sensazione che qualcosa sarebbe andato terribilmente storto.

Ranger mi mise una mano sulla guancia. "Parlami."

"C'è un tipo che sarà lì..."

Lui strinse momentaneamente gli occhi, ma quella reazione svanì così rapidamente che non l'avrei notata, se non avessi prestato molta attenzione.

"È un idiota e..."

"Qualcuno con cui hai avuto una relazione."

Annuii.

La sua espressione si ammorbidì. "Per quanto possa desiderarlo, prometto di non picchiarlo. A meno che non ti tocchi, naturalmente."

Anche se scoppiai a ridere, era forzato.

"Vieni a sederti e raccontami qualcosa di più su di lui. Comincia con il suo nome."

"Si chiama Maxim," dissi, sedendomi accanto a lui in fondo al letto. "Era nel programma della laurea specialistica della Tuck."

"Vai avanti."

"Siamo usciti insieme per un po'. Finché non ho scoperto che aveva una relazione a lungo termine con un'altra."

"Bastardo," mormorò lui sottovoce.

"Ha finto che non fosse importante, ma l'amico che mi ha parlato dell'altra donna ha detto che era una cosa piuttosto seria."

Ranger si sdraiò sul letto e mi mise una mano sulla spalla, così io feci lo stesso. "Dimmi cosa vuoi, Maisie. Farò qualsiasi cosa, anche se vuoi che io torni a Canada Lake."

"È l'ultima cosa che voglio."

Si lasciò sfuggire un forte sospiro. "Vuoi che partecipi alla riunione?"

"Penso di sì." Di nuovo, da quando ero tanto indecisa? Mi strofinai il petto, dove sentivo più paura.

"Non devi decidere adesso, ma dimmi cosa ti ha fatto agitare. È forse perché provi ancora qualcosa per lui?"

Annuii. "Una sensazione di disgusto."

Ranger rise e si girò su un fianco in modo da essere rivolto verso di me. "C'è dell'altro."

"Sì, ma non so spiegarlo."

Mi accarezzò i capelli. "Andiamo a mangiare qualcosa. Non so tu, ma io mi sento sempre meglio dopo aver mangiato."

"Mia nonna direbbe che ho bisogno di un bicchiere di sherry."

"Allora scegliamo un posto che lo serva."

"Ranger?"

"Sì, bellezza?"

"Grazie per non aver insistito troppo su questa faccenda."

"Se capisci cosa ti provoca tanta ansia, sarò più che felice di ascoltarti. Altrimenti, sono qui per qualsiasi cosa di cui tu abbia bisogno."

"Sono proprio una ragazza fortunata."

Mi mise un dito sul mento e mi girò la testa in modo che i nostri occhi si incontrassero. "Sono io il fortunato."

DOPO PRANZO, PASSEGGIAMMO SU E GIÙ PER LA STRADA principale e, quando se ne presentò l'occasione, Ranger chiese ai negozianti se avessero altre sedi o se avessero pensato di espandersi in altri mercati. Fui sorpresa dal numero di quelli che si dichiararono interessati a saperne di più sullo sviluppo del nostro lago. Quel feedback positivo mi faceva sentire più ottimista. Il timore non era scomparso del tutto, ma si era certamente attenuato.

Purtroppo, durò solo un paio d'ore. Eravamo a cena quando il mio cellulare suonò; pur sapendo che era scortese guardarlo, dovevo assicurarmi che non fosse uno dei miei nonni a chiamare. Non lo era. Era Maxim.

RANGER

Quando Maisie guardò il cellulare, poi lo posò a faccia in giù sul tavolo, ebbi un sospetto su chi stesse chiamando. Ma non glielo chiesi. Se avesse voluto dirmelo - o quando fosse stata pronta - lo avrebbe fatto.

Nel frattempo, avevo chiesto a Diesel di verificare cosa poteva trovare con le poche informazioni che avevo. Maxim era un nome abbastanza insolito e la classe di laureati del corso specialistico della Tuck era abbastanza ridotta da farmi sperare che avrebbe avuto successo, senza bisogno di chiedere a Maisie ulteriori informazioni su di lui.

"Scusami. Bagno delle signore," disse Maisie, alzandosi e lasciando il tavolo dopo che il suo telefono aveva emesso un bip. Era chiaramente sconvolta, ma se volevo avvicinarmi a lei, se volevo far parte della sua vita, doveva fidarsi di me. Ciò includeva anche fidarsi del fatto che non l'avrei spinta a parlare di qualcosa, se non era pronta a farlo.

Approfittai dell'occasione per controllare se c'era un aggiornamento da parte di Diesel. C'era un'e-mail, ma quando vi cliccai sopra e vidi quanto era lunga, decisi di aspettare di avere qualche minuto tutto per me. Se Diesel avesse voluto che la leggessi immediatamente, me l'avrebbe inviata con un messaggio protetto.

"Tutto bene?" chiesi quando Maisie tornò un paio di minuti dopo.

"No." La sua brusca risposta mi stupì.

"C'è qualcosa di cui vuoi parlare?"

Maisie si guardò intorno nella stanza. "Non ora, ma più tardi, sicuramente."

A quel punto ero ansioso di leggere l'e-mail di Diesel. Avevamo ordinato e mangiato gli antipasti, ma il piatto principale non era ancora stato servito. Dato che quella sera cenavamo in un altro ristorante del nostro hotel, la soluzione era facile. "Possiamo portare il cibo in camera, se vuoi."

Lei annuì. "Sarebbe un'ottima idea."

"Vediamo se riesco a trovare qualcuno."

Quando mi alzai, Maisie allungò la mano a prendere la mia. "Grazie, Ranger."

Mi chinai e le diedi un bacio sulla guancia. "Torno subito."

Trovai il nostro cameriere al bar, feci la mia richiesta e gli passai un biglietto da cinquanta quando disse che se ne sarebbe occupato subito.

"Andiamo," dissi, tornando al tavolo e aiutando Maisie ad alzarsi dalla sedia.

"Perché sei così spaventata?" chiesi una volta entrati nella stanza.

"Mi ha chiamata Maxim e mi ha chiesto di incontrarci prima della riunione di venerdì. Di per sé non era niente di che, finché non mi ha detto che *anche lui* era a Saratoga Springs e che potevamo vederci stasera o domattina. Come diavolo faceva a sapere che ero qui?"

"Ottima domanda."

"Non gli parlo da prima della laurea. Anzi, sono rimasta

sorpresa quando un nostro amico comune mi ha detto che aveva chiesto di incontrarci."

"C'è qualcosa che devo dirti. Ho chiesto a uno dei miei colleghi di vedere cosa riusciva a trovare su quell'uomo."

"E?"

"Ho ricevuto un'e-mail a questo proposito, ma non l'ho ancora letta."

"Riesci a leggerla ora?"

Tirai fuori il telefono e lo corsi, prima di leggere ad alta voce le parti che ci interessavano. "Maxim Edwards, giusto?"

Maisie annuì.

"Sembra che fosse indagato per molteplici capi d'accusa di frode finanziaria. Stava per essere incriminato, ma all'improvviso l'intera faccenda è stata messa a tacere."

"Perché?"

"Diesel, che è il mio collega, ritiene che Edwards abbia fatto un accordo. Tuttavia, i procedimenti giudiziari sono di dominio pubblico. Dovrebbe esserci qualcosa sulla prosecuzione, l'archiviazione o la chiusura del caso. Sta scavando più a fondo, dato che l'importo in dollari della presunta frode è notevole."

"Cosa significa?"

"A quanto pare, ha truffato gli investitori per quasi cento milioni di dollari. Forse di più."

"Perché vuole incontrarmi?"

"È un'ottima domanda. Vorrei parlarne con Diesel, se non ti dispiace."

"Devo avvertire il nostro amico in comune? Sono sicura che non vorrebbe che Maxim partecipasse a questa riunione, se fosse a conoscenza delle accuse contro di lui."

"Prima di farlo, lasciami controllare questa conoscenza comune. Anzi, puoi procurarti una lista di tutte le persone che dovrebbero essere presenti all'incontro?"

Maisie prese il bloc-notes dell'hotel dalla scrivania, fece scorrere il telefono e scrisse l'elenco che avevo richiesto.

"Grazie," dissi quando me lo porse. "Con il tuo permesso, lo passerò a Diesel."

"Certo."

"Lo avvertirò anche che Edwards è nelle vicinanze. Se qualcuno ci sta seguendo, non ho dubbi che se ne sia già accorto."

"Diesel è qui?"

"Sì."

"Posso chiedere il nome delle persone che sono con lui?"

"Buster."

Maisie si mise una mano sulla bocca per coprire la sua reazione. "Davvero?"

Fu un tale sollievo - e una gioia - vederla sorridere. "Sai, siamo solo a un'ora da casa. Se vuoi tornare indietro, possiamo farlo."

"È quello che vuoi fare?"

Le misi le braccia intorno alla vita e avvicinai il suo corpo al mio. "Ti ho già detto che non ho fretta di tornare in un posto dove non condividiamo il letto."

"Chi ci dice che non possiamo condividerne uno, quando siamo a casa?"

"Ottima osservazione. Comunque, casa mia è invasa da un gruppo di ragazzi per la maggior parte del tempo e i tuoi nonni..."

"Potrebbe essere più facile sbarazzarsi dei ragazzi che di loro."

Pensai subito a cosa avrebbe comportato e a quanto velocemente avrei potuto realizzare questa cosa. Bussarono alla porta; anche se speravo che fosse il cameriere con la cena, non volevo correre rischi.

"Resta qui," dissi, indicando la parete vicino al letto, dove non sarebbe stata visibile. Misi la mano sulla pistola mentre mi avvicinavo alla porta e guardavo dallo spioncino. Erano il cameriere e un altro uomo che ricordavo di aver visto al ristorante, ma non avrei comunque dato per scontato che un tizio che non ci pensava molto a rubare cento milioni di dollari non fosse in agguato nell'ombra.

Quando aprii la porta, stabilii un contatto visivo con una terza persona: Diesel. Lui mi rivolse un cenno con la testa e io invitai gli altri due a portare dentro il cibo.

"Abbiamo portato anche il dessert, signore," disse il ragazzo a cui avevo dato il biglietto da cinquanta. "Offre la casa."

"Grazie," mormorai, tirando fuori un paio di altri biglietti da venti.

"Vuole che le apra il vino?"

"Penso di potercela fare," risposi, facendo cenno in direzione della porta.

"Se ha bisogno di altro, mi chiamo Sam."

"Capito," dissi, chiudendo la porta subito dopo di lui.

"Hai una pistola," disse Maisie, con gli occhi puntati su di essa.

"Non esco mai di casa senza."

Maisie si avvicinò ai vassoi con la cena e tolse il primo coperchio del piatto d'argento. "Che profumo delizioso."

Lei aveva ordinato anatra scottata con salsa all'amaretto e ciliegia e io avevo preso costine di manzo con scalogno, aglio e polpa di pomodoro. I profumi che si sprigionavano da entrambi i piatti facevano venire l'acquolina in bocca. Speravo che chiunque il Canada Lake Hotel avesse assunto come chef sarebbe stato in grado di preparare piatti di quel livello.

Ci sedemmo al tavolo vicino alla finestra e io accesi il fuoco nel camino. Indipendentemente dal motivo, preferivo di gran lunga il modo in cui si stava svolgendo la nostra serata.

"Che ne dici di un po' di musica?" Tirai fuori il cellulare, aprii un'applicazione e selezionai una playlist di musica jazz. "Il microfono non è il massimo…"

"Penso che sia tutto perfetto, Ranger. Il cibo, la compagnia, la musica… è tutto così romantico."

Accostai la sedia in modo da potermi sedere accanto a lei anziché dall'altra parte del tavolo. Conoscevo Maisie da anni, ma in quegli ultimi giorni mi ero ritrovato a sperare che il modo in cui stavamo trascorrendo quella serata fosse il modo in cui avremmo trascorso il resto della nostra vita.

. . .

Dopo cena, Maisie preparò un bagno per entrambi, mentre io chiedevo informazioni a Diesel.

"Qualche segno che questo stronzo sia davvero in città?"

"Nessuno. Sei sicuro che Maisie non abbia informato nessuno di dove stava andando?"

"I suoi nonni." Erano il tipo di persone che probabilmente non si sarebbero fatti problemi a raccontare a un amico di Maisie che lei si trovava a Saratoga Springs.

"Ha senso. Comunque, adesso anche Wasp e Swan sono qui."

"Cosa ne pensano i grandi capi della K19?"

"Il tuo capo, Onyx, ha approvato. Non importa cosa pensano gli altri."

"Sì, ci vorrà un po' per abituarsi. Senti, devo andare. Grazie per l'aggiornamento, Diesel."

"Ti direi di dormire bene, ma probabilmente è l'ultima cosa che hai voglia di fare."

Chiusi la telefonata, liberandomi dei vestiti mentre andavo in bagno, dove Maisie mi aspettava. Aveva acceso le candele, versato la bottiglia di vino della vendemmia tardiva che ci era stata consegnata con il dessert e aveva la mia stessa playlist jazz sul telefono.

"Mi sentivo sola e un po' infreddolita qui dentro da sola."

"Credo di avere qualche idea su come riscaldarti."

"Cos'hai scoperto?" mi chiese mentre entravo nella vasca e mi sistemavo dietro di lei.

"Non molto." Le illustrai la mia teoria sul fatto che probabilmente erano stati i suoi nonni a informare Edwards che lei si trovava lì.

"È possibile. Immagino che dovrò chiedere loro di non farlo più."

"Possiamo fare in modo che non sembri che stia succedendo qualcosa di spiacevole. Magari formulando la cosa in modo tale che, dato che io e te usciamo insieme..."

"È questo che stiamo facendo?"

"Oltre a dormire insieme, ma tu dillo come vuoi."

Maisie rise. "Probabilmente il tuo modo è migliore."

Le scostai i capelli dal collo come l'ultima volta che ci eravamo immersi nella vasca e le disseminai dei baci sulla spalla.

"Pensi che dovremmo tornare al lago, vero?"

"Sì. Almeno fino a quando non riusciremo a farci un'idea più precisa sulle intenzioni di questo tizio."

"Sono d'accordo." Il tono di Maisie sembrava altrettanto deluso del mio.

❧ 12 ❧

MAISIE

Avevamo trascorso lì solo due notti meravigliose e sorprendenti e stavamo già tornando a casa. La delusione che provavo era profonda per due motivi. Innanzitutto, amavo stare con Ranger, qualsiasi cosa stessimo facendo. In secondo luogo, ero seria riguardo alla ricerca che dovevo fare per essere preparata alla riunione di venerdì. Se fosse avvenuta.

Ero riuscita a mettere insieme alcuni dati grazie a quelli ottenuti dalla Camera di Commercio, ma la maggior parte di quello che mi serviva era basata sulle possibilità, il che significava che avrei avuto bisogno di numeri quasi impossibili da ottenere.

Come se prepararmi per la riunione non fosse già abbastanza stressante, dovevo anche occuparmi di quel bastardo di Maxim Edwards e chiedermi cosa diavolo volesse dopo tutto quel tempo.

In realtà, non era difficile da capire. Se aveva problemi legali, se era vero quello che diceva Ranger, cioè che era stato incriminato - indipendentemente dal fatto che le accuse fossero misteriosamente scomparse - sarebbe stato alla ricerca di soldi. I miei progetti non gli avrebbero fruttato cento milioni di dollari, ma se era in grado di ingannare altre persone per quella cifra, chi poteva dire che non avrebbe potuto ottenere qualche milione da me per tirare avanti.

Dio, rimpiangevo il giorno in cui avevo incontrato quel *figlio di puttana*. Mi ero lasciata ingannare dal suo bel viso e dai suoi modi affascinanti. Ranger aveva molta più sostanza, giusto? Pregai che fosse così. Un attimo. *Lo sapevo.* Quei due uomini non si somigliavano affatto. Beh, a parte il fatto di essere belli e affascinanti.

E in quel momento, silenziosi.

"Tutto a posto?" chiesi quando eravamo ormai a pochi minuti dai nostri campi.

"Sinceramente? No."

Mi girai sul sedile. "Cosa c'è che non va?"

Lo vidi flettere le mani. Prima la destra, poi la sinistra. L'avevo già visto farlo un paio di volte.

"Penserai che sono pazzo."

"Ne dubito."

"Sono pazzo di te, Maisie."

"Il sentimento è reciproco."

Guardò fuori dal finestrino laterale e poi di nuovo verso di me. "Per me potrebbe essere qualcosa di più."

"Anche per me."

Stavo quasi per ridere quando lui alzò le spalle, ma sembrava così preoccupato che non volevo fare luce sul suo stato d'animo.

"Sai, ho sempre odiato il genere di film in cui una coppia si innamora in cinque minuti e vive per sempre felice e contenta."

"Anch'io," ripetei. "Solo che nel mio caso si tratta più che altro dei libri che leggo."

"Voglio dire, non è che non ci conoscessimo. Ci conosciamo. Da anni. Anche se allora non uscivamo davvero insieme. Io l'avrei fatto. Sai, se il momento fosse stato migliore."

Gli misi una mano sul braccio. "Ranger, vuoi arrivare al punto?"

"Torniamo alla parte del treno impazzito."

"Dai, qualunque cosa sia, dilla e basta."

"Non voglio portarti al campo dei tuoi nonni. Stanotte non voglio dormire senza di te nel mio letto. Anzi, non voglio mai più passare una notte separati. So che è impossibile, visto quello che faccio per vivere, ma se posso scegliere, voglio passare ogni notte che posso con te. E non solo le notti. Giorni. Ogni giorno. Ogni notte. Quanto è folle?"

Alzai le spalle come aveva fatto lui e feci un respiro profondo. "Probabilmente non mi crederai, se ti dico che provo le stesse cose."

Si girò verso di me, con gli occhi socchiusi. "Davvero?"

"Soprattutto la parte del treno impazzito. Intendo dire per me. Quando penso a noi, mi sento come se stessi affrettando le cose e tu stessi per dartela a gambe."

"Abbiamo stabilito di non rimuginare troppo su quello che provavamo."

Scoppiai a ridere. "Non avrei mai sognato che tu potessi provare le stesse cose che provo io."

"I tuoi nonni credono che staremo via ancora qualche giorno."

"I nostri campi non sono molto lontani. Ci *vedranno*."

Ranger annuì. "Perché ho pensato che tornare fosse una buona idea?"

"Non siamo ancora arrivati. Forse era sufficiente lasciare Saratoga Springs?"

"E me lo chiedi?"

"E la nostra 'compagnia'?"

Ranger ridacchiò. "Si stavano annoiando a morte. Questa è la cosa più eccitante che hanno fatto in un paio di settimane. Potrei renderlo davvero interessante se giro la macchina e non dico loro cosa stiamo facendo."

"Ti metterai nei guai?"

"Come Diesel continua a ricordarmi, sono il vice-capo."

"Chi è il capo."

"Onyx, e gli piacerà molto il fatto che siamo così spontanei."

Ranger accostò. "Dovremmo riprendere il nostro viaggio e dirigerci verso Lake George?"

"In realtà, c'è un posto a Long Lake che si chiama Love Lodge," risposi alzando gli occhi al cielo. "È un po' forzato, lo so, ma è uno dei luoghi più popolari del parco per i matrimoni."

Ranger dimenò le sopracciglia e io ridacchiai.

"Non per noi. Voglio dire, io e te. Ma dopo i nostri discorsi di quella prima sera, sono d'accordo che è qualcosa che il Canada Lake Hotel deve offrire. Dato che ci troviamo a quasi tre ore a sud, sarà più facile per le persone di tutto lo Stato venire da noi."

"Dalle ricerche che ho fatto, i matrimoni generano una quantità significativa di reddito."

Socchiusi gli occhi. "Ricerca?"

Ranger mi guardò facendo un sorriso imbarazzato. "Ne ho fatte un po'."

"Sulle location per i matrimoni?"

Le sue guance divennero davvero rosa. "Tra le altre cose."

Mi si scaldò il cuore. Sembrava che Ranger fosse interessato quanto me a quel progetto di riqualificazione economica. Forse era perché si annoiava, ma per me era molto più divertente, avendo qualcuno entusiasta come lui con cui scambiare le idee. "Grazie."

"Non c'è di che. Per cosa?"

"Tutto. Perché sei così... meraviglioso."

Lui si portò la mia mano alle labbra e mi baciò il palmo. "Ok, copilota. Sbrighiamoci a raggiungere il *Love Lodge*."

Mi morsi il labbro inferiore. "Spero di riuscire a prenotare."

"È un martedì di gennaio. Credo che non ci saranno problemi. Sono anni che non vado in quella zona. Cos'altro dovremmo vedere mentre siamo lì?"

Mentre Ranger guidava, prenotai due notti al lodge, oltre alla cena per quella sera, i massaggi per il giorno dopo - una sorpresa per lui questa volta - e una lista di altre cose che avremmo dovuto fare e vedere mentre eravamo lì.

Mi appoggiai al sedile e chiusi gli occhi. Non ero mai stata così felice in nessun altro momento della mia vita. Quella merda con Maxim era una sfortuna, ma che potevo facilmente ignorare. Promisi a me stessa che, se lui fosse stato presente alla riunione di venerdì, non avrei permesso che mi sviasse. Soprattutto con Ranger al mio fianco.

QUANDO CI FERMAMMO, LA PRIMA COSA CHE NOTAI FU l'enorme fienile che si trovava, come il lodge, vicino al lago. Sul loro sito web non avevo visto nulla al riguardo. Tirai fuori il mio bloc-notes e feci uno schizzo delle dimensioni del Canada Lake Hotel, oltre che della quantità di spazio all'aperto che lo circondava. Anche se non ci sarebbe stato spazio per qualcosa di ampio come quel fienile, avremmo potuto inserire qualcosa grande la metà.

"Guarda," disse Ranger, indicando una piccola cappella adiacente al fienile.

"Hanno tutto sotto controllo, le cose piccole, grandi e tutto quello che c'è in mezzo."

"Sembra che sia qui da più tempo del lodge. Andiamo a vedere."

Ranger si fermò sul lato opposto del parcheggio e scendemmo dalla macchina.

"Salve! Benvenuti alla Love Chapel," disse un uomo uscendo dalla porta principale. Sembrava Babbo Natale con il colletto da ministro.

Io e Ranger ci presentammo e io spiegai da dove venivamo e perché ci trovavamo lì.

L'uomo sollevò un sopracciglio e strizzò l'occhio. "Siete sicuri che sia l'unico motivo per cui vi trovate qui?"

Strusciai i piedi e mi strofinai le braccia. Faceva freddo, poco lontano dal grande lago. "Ehm, possiamo entrare?"

"Certamente," disse lui. "Ci vediamo più tardi all'hotel. Buon divertimento!"

Quando Ranger aprì la porta e io entrai, fui travolta da una sensazione che non riuscivo a spiegare. Ero curiosa sotto molti punti di vista. Da quanto tempo esisteva quella cappella? Chi l'aveva costruita? I banchi di legno, le pareti e le balaustre dell'altare erano tutti intagliati a mano come sembravano? E soprattutto, perché lì mi sembrava di tornare a casa? Non ero mai stata in una cappella come quella, eppure non mi ero mai sentita tanto benvenuta o in pace.

"Ti dispiace se ci sediamo un attimo?" chiesi a Ranger.

"Stavo per dire la stessa cosa."

Mi sedetti nella terza fila sul lato sinistro e guardai il dipinto sopra l'altare. Era l'ascensione di Gesù.

"So che sembra assurdo, ma mi sembra di essere già stato qui," disse Ranger. "È solo una delle tante cose folli che mi sembra di dire e fare oggi."

"Forse sei già stato qui."

Lui scosse la testa. "Non ricordo nient'altro di questo posto. Né il lago, né l'hotel e nemmeno i terreni."

Era strano che entrambi provassimo le stesse cose. Rimanemmo seduti nella cappella per un bel po', senza parlare. Non ne sentivo il bisogno e nemmeno Ranger.

"Pronta a continuare a esplorare?" mi chiese lui, nello stesso momento in cui stavo per dire qualcosa di simile.

"Sì."

Mi tenne per mano mentre uscivamo e andavamo al lodge per fare il check-in. Lo stesso uomo che ci aveva accolti fuori dalla cappella era alla reception nella hall.

"Benvenuti a Love Lodge," disse. "Vi è piaciuto visitare la cappella?"

"Ci sembrava di essere già stati qui, ma nessuno dei due se lo ricorda."

L'uomo annuì. "L'ho già sentito dire una volta o due."

Guardai a sinistra e vidi una porta chiusa. Sopra di essa, un cartello recitava: Funzionario comunale di Long Lake.

"Di cosa si tratta?" chiesi.

"Dopo il grande incendio del 1910, l'hotel e la cappella erano gli unici edifici rimasti in piedi nella proprietà e in gran parte della città." Fece un cenno verso la porta. "L'impiegato, l'unico funzionario della città allora come oggi, si trasferì qui. Non ha mai avuto un motivo per andarsene, credo."

"Il sito web dice che qui si tengono molti matrimoni."

Negli occhi dell'uomo c'era un luccichio. "Alcuni pianificati, altri no."

"Cosa significa?" chiese Ranger.

"Il funzionario del Comune è qui in loco. Inoltre, il magistrato vive nella casa accanto. Sarete sorpresi di quante fughe d'amore ospitiamo."

Ci pensai un attimo. "Quindi la gente viene e ottiene la licenza di matrimonio presso l'ufficio del funzionario. Poi il giudice li esonera dal periodo di attesa?"

"Esattamente."

"Geniale," dissi sottovoce. Era il tipo di cosa che avremmo potuto fare anche al Canada Lake Hotel, visto che il funzionario comunale e il tribunale si trovavano praticamente dall'altra parte della strada.

"Una stanza?"

"Esatto." Ero tutt'altro che puritana, ma sentii il viso avvampare quando il *ministro* ci fece quella domanda.

"Cenerete da noi questa sera?"

Guardai Ranger, che annuì. "Sì," rispose quando annuii a mia volta. "Avete un tavolo disponibile alle sette?"

L'uomo alzò il sopracciglio. "Alle sei sarebbe meglio."

"Vada per le sei." Ranger mi fece l'occhiolino ed entrambi soffocammo una risatina.

"Avete bisogno d'aiuto con le valigie?"

"Ce la faccio, ma grazie."

Mi chiesi dove fosse la nostra "compagnia," ma dato che non avevo saputo niente del loro arrivo nell'altro hotel, non me ne preoccupai.

"Potrei dare un'occhiata a dove si svolgono i ricevimenti di nozze?" chiesi.

"Certamente," rispose l'uomo, come quando avevo chiesto di poter entrare nella cappella. "Il fienile è aperto e se vuole vedere la sala da pranzo principale prima della cena, basta che passi dalla porta in fondo al corridoio. Vuole anche una brochure?"

"Grazie." Lui varcò una porta dietro la scrivania. Cominciavo a chiedermi se il pastore Babbo Natale gestisse quel posto da solo. Di sicuro, da qualche parte doveva esserci del personale.

"Non hai la sensazione di essere finiti in un'altra dimensione?" mi chiese Ranger.

"Assolutamente sì."

L'uomo uscì dalla porta e mi porse una busta. "Ho avvisato Mabel che state andando da lei. Ha anche preparato il rinfresco pomeridiano a base di vino e formaggio."

"Che bello. Grazie." Lo salutai da sopra la spalla, mentre io e Ranger ci dirigevamo verso la sala da pranzo.

13

RANGER

"Un bicchiere di vino sembra perfetto in questo momento."

Fui costretto a dichiararmi d'accordo. Quello che avevo detto un paio di minuti prima, cioè che mi sentivo in una dimensione alternativa, diventava sempre più intenso ogni minuto che passava. Non era sgradevole, solo strano. E sconcertante. Soprattutto perché era come se io e Maisie dovessimo per forza essere lì. Era quello il motivo per cui ero stato costretto a girare la macchina prima e a non tornare in anticipo in uno dei nostri campi? Se l'avessimo fatto, avremmo cambiato idea sul fatto di ripartire o saremmo rimasti nel nostro bungalow?

C'era molto di più, ma non potevo dirlo ad alta voce, soprattutto a Maisie.

"Cosa? È cattivo?" mi chiese quando feci una smorfia dopo aver bevuto un sorso di vino.

"No. È buono."

Lei ridacchiò. "Sembra proprio di sì. Non vedo l'ora di assaggiarlo anch'io."

Bevvi un altro bicchiere, questa volta più di un sorso. "Davvero, è molto buono."

Maisie bevve un sorso, incerta. "È vero. Allora, perché quella faccia strana?"

"Questo posto è..."

Maisie annuì. "Ho capito. Strano non è la parola giusta. Cioè, è meraviglioso, solo che è..."

"*Insolito.*"

"Su questo siamo d'accordo," disse lei ridendo.

"Oh, salve!" disse una donna, uscendo dalla cucina con un piatto di antipasti. "Voi dovete essere Own e Maisie."

"Owen."

La donna abbassò lo sguardo su un foglio di carta. "Scusate, la calligrafia di Dipper è orribile."

"Ha detto Dipper?" Maisie scoppiò a ridere.

"I nostri nipoti hanno iniziato a chiamarlo così. Io sono nonna Mabel e lui è nonno Dipper."

"Non capisco," sussurrai.

"Viene da un cartone animato."

Un'altra cosa bizzarra da aggiungere alla lista del Love Lodge.

"Voi due siete già stati qui? Avete un aspetto così familiare."

"Prima stavamo proprio dicendo che ci sembrava di essere già stati qui, ma non è così."

"Su, cara. Prenda un piatto. Questi sono quelli più richiesti del menu nuziale."

Mabel porse un piatto stracolmo a Maisie.

"Possiamo dividerlo," dissi quando vidi che ne stava preparando un secondo.

"Fate come volete. C'è un bel tavolo vicino alla finestra che dà sul lago."

"Mi sembra di essere in uno di quei film di Natale, ma tre settimane dopo," sussurrò Maisie quando ci sedemmo al tavolo che Mabel ci aveva indicato. "Oh mio Dio, prova questo," disse porgendomi qualcosa avvolto nella sfoglia.

"Wow." Ne afferrai un paio e li infilai in bocca.

"Pensi che la storia che ci ha raccontato Dipper sulla gente che fugge qui sia vera?"

Guardai da sopra la spalla e vidi Mabel che veniva nella nostra direzione, portando la bottiglia di vino. "Aspetta e ti rispondo."

"Quali sono i vostri preferiti?" chiese, riempiendo nuovamente i nostri bicchieri.

Indicai l'unico brie con salsa di mirtilli rimasto, avvolto nella sfoglia.

"Ne porterò altri," si offrì Mabel.

Maisie alzò un dito e si indicò la bocca. Mabel aspettò. "Se ne porta ancora, non mangeremo la cena."

"Non siate sciocca. Certo che mangerete comunque la cena. Proprio come faranno tutti gli invitati al vostro matrimonio."

"Sa qualcosa che noi non sappiamo?" scherzò Maisie quando Mabel tornò in cucina. "Ranger?" disse quando non risposi. "Va tutto bene?"

Forse era il vino o il fatto di trovarmi in quel posto assurdo, ma mi ritrovai a desiderare che io e Maisie *ci sposassimo*. Avvicinai le nostre sedie e lei mi guardò spalancando gli occhi.

"Sarebbe così folle?"

Bevve un altro sorso di vino e posò il bicchiere sul tavolo. "Cosa?"

"Io e te. Sposarsi."

"Dici sul serio."

Anche se non l'aveva formulata come una domanda, annuii comunque.

Maisie fece un respiro profondo e lo lasciò uscire lentamente. "Quando?"

Mi chinai in avanti e la fissai negli occhi, ma non dissi nulla.

"Ranger?"

Le misi un braccio intorno alle spalle. "Non lo senti, Maisie? Mi sbaglio?"

"Su cosa?" chiese così piano che riuscii a malapena a sentirla.

"Noi. Da quel primo giorno sul molo, alla festa per il tuo

diciottesimo compleanno, fino alla sera in cui sono venuto nel campo dei tuoi nonni e ti ho detto che era mia intenzione farti mia. E ancora oggi provo la stessa cosa. Sei mia, Maisie. Lo sei sempre stata."

"Stai suggerendo di sposarci qui? Adesso?"

Scossi la testa. "Te lo sto chiedendo. Se vuoi, mi metto in ginocchio."

"Aspetta," disse quando spinsi indietro la sedia come se stessi per farlo.

"Sono pazzo, vero? È questo che stai per dire?"

Maisie scosse lentamente la testa. "Neanche lontanamente."

"E allora?"

"È quello che provo anch'io."

"Lo sapevo. Maisie, io amo..."

"Non dirlo ancora."

"Perché no?"

"Aspetta fino a stasera."

Io sorrisi. "Sì?"

"Sì."

"Andiamo a cercare Dipper?" Non appena pronunciai il suo nome, l'uomo entrò nella sala da pranzo.

"In cosa posso aiutarvi?"

"Il funzionario comunale è qui nei dintorni?"

Dipper sorrise. "Vado a prenderla in cucina."

"E il giudice?"

"Può essere qui in un attimo."

"Cosa ci serve?" chiese Maisie.

"Solo un documento d'identità. Potremo aggiungere gli altri elementi al vostro fascicolo più tardi," rispose Dipper facendo l'occhiolino.

"Lei è davvero un ministro?"

"Ordinato da trent'anni, signorina Jones."

Maisie si girò verso di me. "Lo stiamo facendo davvero?"

"Solo se lo vuoi."

"Ma tu lo vuoi?"

"Più di qualsiasi altra cosa al mondo."

"Meglio andare a chiamare il funzionario e il giudice, quindi," disse a Dipper.

Volevo tanto pronunciare le parole che lei non mi aveva lasciato dire fino a pochi minuti prima. Quella sera, non sarebbe riuscita a fermarmi.

"Uhm, e la nostra compagnia? Preferirei che non lo sapessero prima dei miei nonni."

"Sono d'accordo con te e me ne occuperò."

"Ho sentito che c'è qualche documento che voi due vorreste compilare," disse Mabel, che si era tolta il grembiule che indossava prima. "Venite con me."

La seguimmo nella hall e aspettammo che aprisse la porta con sopra l'insegna del funzionario comunale. Ci vollero meno di cinque minuti per compilare i documenti che avrebbero cambiato le nostre vite per sempre.

"Venga con me," ripeté Mabel, ma questa volta parlava solo a Maisie. Mi picchiettò la guancia prima che si allontanassero. "La rivedrà tra poco più di un'ora."

"Dove stanno andando?" chiesi a Dipper.

"A prepararsi."

"Oh, merda. Non ho ancora portato dentro le nostre borse."

"In realtà Maisie non ne avrà bisogno, ma gliela porterò comunque. Nel caso volesse truccarsi un po'."

"Ho portato una giacca sportiva, una camicia elegante e un paio di pantaloni. Ma niente cravatta."

"Sarebbe sorpreso di scoprire quante volte lo sento dire."

Lo condussi al mio SUV e, mentre lui portava la borsa a Maisie, chiamai Diesel.

"Che cazzo stai combinando?" disse, saltando qualsiasi tipo di saluto.

"Abbiamo cambiato idea."

"È evidente. Non ha ritenuto importante rispondere a nessuno dei miei messaggi?"

"Scusa. C'è qualcosa che devo sapere?" Pregai silenziosamente che non fosse così. Ora che io e Maisie avevamo messo in atto quel piano, non volevo che qualcosa potesse interferire.

"Solo che stavo cercando delle risposte. Alla fine, ho chiamato Onyx."

"Ascolta. Ho bisogno di un favore."

"Di cosa di tratta?"

Non avevo idea di come chiederglielo senza svelare nulla. "Stasera ho bisogno di un po' di privacy. Tra le sei e le sette."

"Quanto vicini possiamo stare?"

"Non usciremo dalla proprietà."

"Capisco."

"Preferirei che non lo facessi."

"Sai come raggiungermi, in caso di emergenza."

"Certo."

"Io e la squadra alloggiamo lì accanto. Ci ritireremo, finché non ci darai un segno. In un modo o nell'altro."

"Lo apprezzo molto."

"Spero che, di qualsiasi cosa si tratti, sia importante."

Era la cosa più importante che avessi fatto in vita mia.

❧ 14 ❧
MAISIE

"Grazie," dissi quando Dipper mi portò la borsa in camera. In qualche modo, dubitavo che Ranger avesse prenotato in anticipo la suite per la luna di miele, ma era lì che Mabel mi disse che avremmo passato la notte.

"Qual è il suo vero nome?" chiesi quando lui si chiuse la porta alle spalle.

"Charlie MacIntosh, ma da un paio d'anni tutti lo chiamano Dipper. Gli piace." Si avvicinò a un armadio che non avevo notato, vicino alla porta. "C'è qualcosa che voglio farle vedere."

Quando lo tirò fuori, sussultai.

"Di chi è?"

"Era mio. È difficile credere che una volta avevo la sua stessa taglia. Le piacerebbe provarlo?"

Una parte di me sentiva che era troppo, ma non era forse tutto troppo? Non era surreale come tutto quello che era successo tra me e Ranger, non solo negli ultimi giorni, ma dal giorno in cui ci eravamo conosciuti? Lui aveva ammesso di provare per me quello che io provavo per lui.

"Mi piacerebbe molto."

· · ·

MABEL MI MISE UN BELLISSIMO SCIALLE INTORNO ALLE SPALLE E mi guidò attraverso l'hotel. "Non si preoccupi. Stasera siete gli unici ospiti e Dipper e Owen sono già nella cappella. Ci sono anche il giudice Thomas e sua moglie Cora. Possono farvi da testimoni. Oh, e Cora suona il pianoforte."

"Avete pensato a tutto."

"Perché pensa che lo chiamino Love Lodge, tesoro?"

"Pensavo che si trattasse solo di un nome."

"Santo cielo, no. Quando è stato costruito, era conosciuto come Long Lake Lodge. Non è molto romantico, vero?"

Stavamo per uscire da una porta laterale quando fui travolta dal panico. "I miei nonni. Saranno così dispiaciuti che non li abbia avvisati."

Mabel scosse la testa. "Al e Mary capiranno meglio della maggior parte della gente."

Ero sbalordita. "Li conosce?"

"Avevo qualche anno in meno di loro, quindi non mi è stato permesso di guardare, ma dove pensa che si siano sposati?"

"Non dice sul serio."

"Invece sì."

Ciò spiegava perché quel posto mi sembrava tanto familiare. Le foto che avevo visto erano tutte in bianco e nero e non erano state scattate da un fotografo professionista. Ecco perché non avevo riconosciuto la cappella. Oltre al fatto che gli alberi della proprietà erano molto cresciuti nel frattempo.

"Crede davvero che non si arrabbieranno?"

"Dubito che loro l'abbiano detto ai loro genitori... o ai loro nonni." Mabel mi mise le mani sulle spalle. "È pronta a sposare l'amore della sua vita?"

"Sa, lui lo è davvero."

"Certo che lo so, cara. Altrimenti non avremmo fatto eliminare dal giudice il periodo di attesa."

. . .

LA CAPPELLA SEMBRAVA ANCORA PIÙ BELLA. FORSE PERCHÉ ERA molto più illuminata, dato che fuori era buio. Provai la stessa sensazione familiare che avevo provato in precedenza. E un senso di pace. La preoccupazione che i miei nonni si sentissero feriti o arrabbiati svanì quando alzai la testa e vidi l'espressione sul viso di Ranger.

Cora iniziò a suonare e io camminai verso di lui. Non importava che non ci fosse nessuno al mio fianco. Non appena avessi raggiunto la facciata della cappella, lui sarebbe stato lì. Non solo in quel momento, ma nel mio cuore sapevo che saremmo stati insieme per sempre.

I miei occhi si riempirono di lacrime quando vidi che anche i suoi lo erano, ma stavamo anche sorridendo.

"Carissimi," esordì Dipper. Non sentii molto di ciò che disse mentre fissavo gli occhi del mio amore.

Al momento delle promesse, Ranger lo interruppe. "Ciascuno di noi vuole dire una cosa alla fine."

Dipper sorrise e andammo avanti.

"Io, Owen Messick, prendo te, Maisie Ann Jones, come mia sposa, per averti e conservarti da oggi in poi, nella buona e nella cattiva sorte, in ricchezza e in povertà, in salute e in malattia, per amarti e onorarti, finché morte non ci separi, secondo la santa legge di Dio; e ti prometto di esserti fedele."

Ripetei le sue parole, poi guardai Dipper, che annuì.

"Ti amo, Owen."

"Ti amo, Maisie."

❧ 15 ❧

RANGER

Mai in vita mia avevo visto qualcosa di più bello, più mozzafiato di Maisie quando varcò la porta della cappella. Mabel mi aiutò a toglierle uno scialle dalle spalle e io rimasi a bocca aperta. Il vestito di pizzo color crema pallido che indossava sembrava fatto apposta per lei.

Camminò lentamente verso di me e i miei occhi si riempirono di lacrime di gioia. Non avevo mai preso una decisione migliore di quella in vita mia. Eravamo destinati a trascorrere la nostra vita insieme.

Anche aspettare la fine delle promesse per dichiarare il nostro amore ci sembrò giusto, soprattutto perché subito dopo sentimmo Dipper che diceva che eravamo marito e moglie.

Il bacio che ci scambiammo fu più duro, profondo e appassionato di tutti quelli che lo avevano preceduto. Lo considerai come una promessa dell'amore che avremmo condiviso, non solo tra me e lei, ma anche con la famiglia che speravo avremmo avuto. Forse era qualcosa di cui avremmo dovuto parlare prima di fare il grande salto, ma era solo una delle tante cose che non avevamo fatto. Avremmo risolto insieme qualsiasi cosa ci fosse capitata, prendendo insieme le decisioni.

Maisie mi mise il palmo della mano sulla guancia. "Sei immerso nei tuoi pensieri."

Io alzai le spalle. "Stavo solo pensando che qualsiasi cosa ci porti la vita, la risolveremo insieme."

"Mi piace molto come suona."

"Chi è pronto per la cena?" chiese Mabel. "Possiamo servirla nella sala da pranzo o nella suite luna di miele. Come preferite."

"Suite luna di miele?" Rimasi a bocca aperta.

Maisie annuì. "Credo che Dipper e Mabel ci abbiano cambiato stanza." Venne verso di me e avvicinò la bocca al mio orecchio. "Preferirei cenare lì."

Non potevo non essere d'accordo. Preferibilmente con molti meno vestiti addosso.

"A proposito, dove hai trovato questo vestito?" le chiesi mentre ci cambiavamo prima che ci portassero la cena e Maisie mi chiese di aiutarla con la cerniera.

"Credo che sia arrivato insieme alla stanza. Anche se Mabel ha detto di averlo indossato per il suo matrimonio. Oh, e non te l'ho detto, ma qui è dove si sono sposati i miei nonni."

"Stai scherzando?"

Maisie scosse la testa. "Mabel li conosce."

Quel luogo e la sua storia diventavano sempre più surreali ogni minuto che passava. Quante probabilità c'erano che ci ritrovassimo nello stesso posto in cui Al e Mary si erano sposati per poi decidere di fuggire come avevano fatto loro?

PASSAMMO DUE NOTTI AL LOVE LODGE E, ANCHE SE AVEVO chiesto a Maisie se voleva rimandare l'incontro a Lake Placid, lei disse che preferiva farla finita con quella faccenda, se non mi dispiaceva.

Diesel non aveva trovato nessun collegamento tra le altre persone della lista dei partecipanti di Maisie e Maxim Edwards, che, per quanto ne sapevo, aveva ancora in programma di essere presente. Io sarei stato al fianco di Maisie, quindi la presenza di quell'uomo non mi preoccupava.

Parlammo anche di invitare Diesel e Swan, che si sarebbero finti una coppia interessata a investire nella riqualificazione del Canada Lake. Wasp e Buster sarebbero rimasti dietro le quinte, entrambi con l'ordine di prestare molta attenzione a Edwards in particolare.

Visto che trascorremmo le ultime due notti senza fare altro che goderci la luna di miele, Maisie era esausta e si sentiva impreparata.

"Si tratta di un incontro preliminare, bellezza. Hai già pronti i pacchetti di informazioni iniziali. Sei un'esperta, non solo di Canada Lake ma anche della zona circostante. Ho fatto abbastanza ricerche per poter intervenire, se necessario."

Maisie spalancò gli occhi. "Chi diremo che sei?"

"Il tuo socio in affari."

Lei mi osservò. "Lo sei?"

"Mi piacerebbe essere il tuo partner in tutto, ma la decisione spetta a te. Per la riunione di domani, possiamo certamente interpretarlo in questo modo. Sappi solo che credo in te e nelle tue idee. Se me lo chiedono, posso rispondere onestamente che ho preso la decisione di investire dopo averne parlato per la prima volta con te."

"Davvero?"

"Assolutamente sì."

Maisie si gettò tra le mie braccia e mi baciò. Era qualcosa di cui avevo intenzione di godere il più spesso possibile per il resto della vita.

"Tutto a posto?" mi chiese Diesel più tardi, quando ci ritrovammo nel salotto della suite che avevamo prenotato e dopo che ebbi finito di istruire la squadra sui loro ruoli.

"Mai stato meglio. Perché?"

"È proprio quello che intendo. Senti, so che farsi una scopata mette tutti di buon umore, ma tu stai esagerando."

Odiavo che usasse quell'espressione in particolare parlando di mia *moglie*, ma Maisie e io avevamo concordato che, finché non lo avessimo detto ai suoi nonni e ai miei genitori, non volevamo che nessun altro sapesse che eravamo sposati.

"Già, è proprio così. È tutto pronto?"

Lui sollevò un sopracciglio, ma poi fece spallucce e uscì dalla stanza come avevano fatto gli altri. Maisie uscì dalla camera da letto della suite.

"Sono tutti pronti per domani?" chiese.

"Questa è una cosa tranquilla per gli standard tipici delle nostre missioni." Mi resi conto che probabilmente non era la cosa giusta da dire quando lei si mise una mano sul fianco. "Ma non per questo meno importante," aggiunsi.

Quando mi sedetti sul divano, Maisie si mise accanto a me. "È bello essere di nuovo soli. Anche se mi dispiace un po' perdermi la band da Sherman questo fine settimana, soprattutto perché ho invitato Onyx e tuo fratello a venire con noi."

"Me ne ero dimenticato, e senza offesa, ma sono sicuro che se ne sono dimenticati anche loro. Tra la separazione di Jimmy e il fatto che Onyx non poteva stare con la donna che amava, per colpa della minaccia contro il K19, dubitavo che quei due volessero andare in un posto dove ci fossero altre coppie che ballavano."

"Forse il prossimo fine settimana."

Annuii, ma avevo altri progetti. Dato che tutti credevano che stessimo viaggiando per fare ricerche sulle aree del parco che attiravano più turisti, non c'era motivo di affrettarsi a tornare. Una volta terminata la riunione del giorno dopo e stabilito il motivo per cui Edwards voleva essere presente, c'era una buona possibilità di mandare a casa due delle persone che viaggiavano con noi. Avrei lasciato che Diesel decidesse quali, a meno che Onyx non avesse un'opinione al riguardo, naturalmente.

Maisie si alzò. Mi aspettavo che si allontanasse, invece mi spostò le braccia e si sedette sulle mie ginocchia.

"Mmm." Le infilai il naso nel collo. "Mi piace."

"Visto che, secondo te, sono pronta per domani, ho pensato che potevamo tornare alla luna di miele."

Mi alzai con lei in braccio e la portai in camera da letto.

"Non avrei mai immaginato di poter essere così felice," disse quando la misi sul letto e la spogliai.

"È quello che provo anch'io." Pronunciai quelle parole, ma nel fondo della mente ebbi un'immediata e potente premonizione. *Una catastrofe imminente.*

"Sei sicuro?" chiese Maisie, osservandomi.

"Mi sentirò meglio quando avremo concluso questa faccenda con Edwards."

Lei annuì. "Ci sentiremo meglio entrambi."

La mattina dopo, la sensazione di malessere era peggiorata notevolmente e lo dissi a Diesel, quando lui e Swan arrivarono.

"Forse dovremmo prendere di nuovo in considerazione la presenza di Buster e Wasp all'esterno."

"Sono d'accordo."

A quella riunione avrebbero partecipato sei sconosciuti e cinque di noi, contando Maisie. Anche senza contare lei, eravamo più numerosi di loro già solo per esperienza e potenza di fuoco.

"Fai fare altre due copie del programma e avvisa i ragazzi di vestirsi in modo appropriato."

"Ricevuto. C'è altro, capo?"

Alzai lo sguardo verso Diesel, aspettandomi di vedere un sorrisetto. Non fu così. Come mi aveva già ricordato, *ero* il suo capo ed era ora che mi comportassi come tale. "Non al momento."

❧ 16 ❧

MAISIE

Ero un fascio di nervi e, anche se cercava di nasconderlo, vedevo che anche Ranger era ansioso.

Quindici minuti prima di quando mi aspettavo arrivasse qualcuno, bussarono alla porta. Feci cadere il bicchiere d'acqua che avevo in mano.

"Ci penso io," disse Swan, correndo a pulire i vetri rotti sul pavimento di piastrelle.

"Pronta?" mi chiese Ranger.

"No. Sì. No."

Si chinò verso di me. "Sono contento che abbiamo chiarito," sussurrò, facendomi sorridere. "Su, facciamo questa cosa."

Come temevo, Maxim era in piedi davanti alla porta quando l'aprii. Era arrivato presto e da solo. Quando si fece avanti come se volesse abbracciarmi, feci due passi indietro. "Sono rimasta sorpresa quando William ha chiamato dicendo che volevi venire con noi oggi."

"Ciao, Maisie. Anch'io sono contento di vederti."

"Non ho detto che sono contenta di vederti, Maxim."

Lui strinse gli occhi e abbassò la voce. "È così che intendi giocare?"

"Giocare?" Ribollivo di rabbia. "Se per te questo è una specie di gioco, ti chiedo di andartene subito."

Sentii Ranger avvicinarsi alle mie spalle. "Salve, sono Owen Messick, il socio della signorina Jones." Ranger gli tese la mano, ma Maxim non fece altrettanto.

"Non c'è bisogno di formalità. Io e Maisie ci conosciamo *piuttosto* bene."

Avrei voluto sferrare un pugno alla gola a quel bastardo saccente, ma probabilmente non tanto quanto Ranger, che si mise tra noi. "Mi è sfuggito il tuo nome."

"Maxim Edwards." Questa volta, quando Maxim gli tese la mano, Ranger la ignorò.

"Sei ospite di?"

"William Schilling."

"Capisco. Visto che il signor Schilling non è ancora arrivato, puoi aspettare qui."

Ranger non invitò Maxim a sedersi o a entrare nella stanza, quindi non lo feci nemmeno io.

"Mi dispiace," sussurrai quando ci ritrovammo dall'altra parte della suite e dietro l'angolo.

"Non c'è assolutamente nulla di cui tu debba dispiacerti. È tutta colpa sua. Come un fetore, in effetti."

Mi misi una mano sulla bocca per soffocare una risatina. Ranger la spostò e mi baciò. "Ti amo, Maisie."

"Anch'io ti amo." Alzai la testa e vidi Maxim in piedi quasi direttamente dietro a Ranger.

"Soci, vero?"

"Qualsiasi cosa siamo, non sono affari tuoi," sbottai sottovoce. "Credo che dovresti andartene."

Bussarono di nuovo alla porta e io gli passai accanto. Sapevo che lui e Ranger stavano parlando, ma non riuscivo a sentirli.

"Maxim è già qui?" chiese William quando mi offrii di prendere il suo cappotto, cosa che non avevo fatto per l'altro uomo.

"Sì, ma credo che se ne stia andando."

"Maisie, lui è William?" chiese Ranger, fermandosi accanto a me. "Owen Messick. Piacere di conoscerti."

I due uomini si strinsero la mano. William mi era sempre piaciuto e mi ero sentita sollevata quando, un paio di giorni prima, Ranger aveva detto che non c'erano prove che fosse coinvolto nella frode finanziaria di Maxim.

"Cos'è questa storia che te ne vai?" chiese William.

"Un malinteso." Maxim guardò l'orologio. "Pensavo di avere un contrattempo, ma è stato risolto."

Non volevo guardare Ranger in quel momento, ma ovviamente aveva un motivo per volere che quello stronzo rimanesse.

Arrivarono le altre quattro persone che aspettavamo, quindi ci riunimmo intorno al grande tavolo della suite, dove erano già seduti i colleghi di Ranger. Lui presentò tutti e spiegò che anche le altre persone presenti erano state convocate come potenziali investitori.

Maxim si schiarì la gola. "Spero che tu abbia posto per qualcun altro."

"Sei già così ansioso, senza aver nemmeno visto il progetto?" chiese William ridendo. Maxim mi guardò torvo e io ricambiai lo sguardo. Forse Ranger si aspettava che gestissi la situazione in modo più professionale, ma non ci riuscivo. Vedere quel muso arrogante mi faceva odiare ancora di più quell'imbroglione.

"Vogliamo iniziare?" chiese Ranger. Da quel momento, presi il comando.

Maxim mi interruppe più volte con domande alle quali avrei risposto in seguito, e Ranger gli chiese se potesse essere tanto *gentile* da aspettare fino alla fine della presentazione. Fui sul punto di scoppiare a ridere, ma continuai.

Quando arrivai all'ultima pagina del prospetto, Diesel e Buster iniziarono a parlare prima che lo facesse Maxim, ponendo molte delle sue stesse domande, ma formulate in modo diverso.

Alla fine, Maxim si alzò e parlò più forte degli altri. "Maisie, quanti anni hai? Ventisei? Anche se ti sei laureata alla Tuck come molti di noi, dubito del tuo livello di esperienza. Perché qualcuno dovrebbe investire il tipo di somma che stai chiedendo?"

Avevo previsto una domanda del genere, ma formulata in un modo diverso. Invece di lasciarmi innervosire, mi chinai in avanti e appoggiai i palmi delle mani sul tavolo.

"La risposta alla tua domanda si trova nel documento che hai a malapena sfogliato. Invece, hai cercato di disturbare la mia presentazione. Ti prego di prenderti il tempo necessario per esaminare le informazioni fornite. Quando l'avrai fatto, io o il mio collega risponderemo alle domande appropriate."

Guardai intorno al tavolo gli altri cinque uomini con cui avevo frequentato il corso di specializzazione. Non ce n'era uno che non ricambiasse il mio sguardo con orgoglio.

"Senti, Maxim," disse William, massaggiando la spalla dell'uomo. "Qui siamo tutti amici, o lo eravamo una volta. Lasciamo da parte le formalità e passiamo al sodo. Se non sei disposto a negoziare, puoi fissare un incontro in un secondo momento." William guardò gli altri. "Io sono disposto ad andare avanti. E voi?"

Speravo davvero che Maxim si alzasse e se ne andasse, ma non lo fece. Mi studiò mentre Ranger studiava lui. Non era l'unico. Diesel non staccava mai gli occhi da quell'uomo.

"VOGLIO QUALCUNO CHE LO SEGUA 24 ORE SU 24," DISSE Ranger dopo che tutti i partecipanti alla riunione se ne furono andati, compreso Maxim.

"Ricevuto, capo," disse Buster, digitando qualcosa sul suo telefono.

"Mi dispiace, Maisie. C'è qualcosa in lui che non mi convince. Se a questo si aggiungono le accuse svanite nel nulla, il mio intuito mi grida che c'è molto di più di quello che siamo riusciti a scoprire."

"Ho la stessa sensazione." E se non fossi stata circondata da persone, compreso mio *marito,* che sapevo avrebbero fatto tutto il possibile per tenermi al sicuro, sarei stata altrettanto agitata di Ranger. Forse addirittura spaventata.

William e gli altri quattro uomini presenti mi avevano chiesto di inviare loro i contratti di investimento non appena avessi potuto. Ognuno di loro aveva proposto un'offerta di denaro scaglionata o a diversi livelli. Gli importi erano superiori alle mie aspettative.

Purtroppo, invece di sentirmi sollevata per aver affrontato Maxim ed essermelo lasciato alle spalle, mi sentivo ancora più inquieta.

"Non ho fretta di tornare al lago," disse Ranger dopo che Diesel ebbe condotto gli altri fuori dalla nostra suite e quindi io e lui ci ritrovammo finalmente soli.

"Nemmeno io." Sì, anche i miei nonni avevano fatto una fuga d'amore, ma erano stati insieme più a lungo della nostra settimana. In cuor mio sapevo che sposarci era la cosa giusta per noi, ma il mio cervello non era d'accordo al cento per cento.

Ogni volta che pensavo di raccontare a qualcuno quello che avevamo fatto, mi preoccupavo della loro reazione. Ogni volta che "recitavo" quella scena nella mente, chiunque ci fosse dall'altra parte della conversazione appariva più sconcertato che felice per noi. Più tempo passavamo lontano da casa, più a lungo potevamo goderci la nostra luna di miele senza che nessuno gettasse ombre sul nostro matrimonio.

Decidemmo di trascorrere diversi altri giorni a Lake Placid, data la sua vicinanza ad altre grandi attrazioni turistiche.

❧ 17 ☙

RANGER

Erano passate due settimane dall'incontro di Maisie con gli investitori e da quando ci eravamo sposati. Tre settimane dal nostro primo appuntamento. Sembrava molto di più. Io e Maisie eravamo compatibili come non lo ero mai stato con un'altra persona. Non eravamo certo d'accordo su tutto, ma eravamo entrambi disposti a scendere a compromessi.

Ricordavo che mio padre aveva detto a Jimmy la sera prima che si sposasse: "Scegli le tue battaglie, figliolo. Sii sempre disposto a scendere a compromessi e avrai un matrimonio felice."

Sapevo che c'era molto di più. Anche se non avevo visto molto spesso mio padre e mia madre litigare, in alcuni casi avevo capito che erano arrabbiati l'uno con l'altro.

Non avevamo ancora avuto il nostro primo litigio, ma non ci giravamo neppure intorno. Maisie mi faceva sorridere, mi scaldava il cuore e mi teneva sul filo del desiderio tutto il giorno, tutti i giorni. Anche di notte.

Praticammo lo sci alpino nel comprensorio sciistico del posto e lo sci nordico sulle piste di fondo di Lake Placid, oltre a molte discese in slittino. Maisie era un'atleta per natura come me e sempre pronta all'avventura.

. . .

P<small>ASSAMMO ALTRI TRE GIORNI NELLA PARTE SETTENTRIONALE DEL</small> parco prima di dirigerci verso un altro lago più a sud, dove trascorremmo due giorni.

Avevamo deciso di fermarci altre due notti a Lake George, per poi trascorrere le ultime due notti della nostra luna di miele a Saratoga Springs, che consideravo il luogo in cui era iniziata ufficialmente la nostra relazione.

Invece, ricevetti un messaggio da Onyx, che mi chiedeva di tornare a Canada Lake il prima possibile. Doc e Merrigan della nostra società madre - come aveva iniziato a definire la K19 Security Solutions - stavano arrivando e avevano chiesto una riunione di squadra.

"Non c'è problema," disse Maisie quando mi scusai. "Siamo stati via più del previsto."

"E ci siamo sposati." Le feci l'occhiolino e la attirai tra le mie braccia. "Sei pronta a dirlo al mondo?"

Quando si morse il labbro inferiore, ebbi la mia risposta.

"Non siamo costretti a farlo solo perché stiamo tornando al lago. Possiamo aspettare quanto vuoi."

"Non ti dispiacerà?"

Mi avvicinai al bordo del letto e la feci sedere sulle mie ginocchia. "Il nostro matrimonio è una cosa tra me e te. Anche se i nostri parenti sono importanti per me, ora io e te siamo il nucleo della nostra famiglia."

"Mi piace."

"Tu mi piaci." Le infilai il naso nel collo. "In realtà, ti amo." Ora che avevo iniziato a dirlo, mi chiedevo se forse lo facevo troppo spesso.

"Posso stare con te?"

Avevo già pensato all'organizzazione del posto in cui avremmo vissuto. "Stare con me? No. Vivere insieme? Si. Dobbiamo solo parlare di Jimmy. Ti sentiresti a tuo agio se lui restasse lì finché non avrà capito cosa fare della sua vita?"

"Stavo per chiedere se lui si sentirebbe a suo agio con me lì."

Scossi la testa. "Sei mia moglie, Maisie. So che continuo a ripeterlo, ma è la verità. Io e te andremo a vivere nel campo di Canada Lake e Jimmy resterà lì."

Prima che lei potesse replicare, il mio telefono suonò: era Diesel. Dato che non mi aveva mandato un messaggio prima, sapevo che era una chiamata alla quale dovevo rispondere. "Scusa, devo rispondere."

Maisie annuì, scese dalle mie ginocchia e andò in bagno.

"Ehi, amico."

"Ranger, ho delle novità. Maxim Edwards è stato trovato morto nel suo appartamento questa mattina. Buster era di piantone e si trovava lì quando la polizia di New York è arrivata sul posto. A quanto pare, uno dei vicini ha sentito uno sparo."

"Si è sparato?"

"Non lo so ancora. Stiamo aspettando il rapporto preliminare."

"Tienimi informato. Hai ricevuto il messaggio in cui dicevo che torniamo oggi, vero?"

"Sissignore. Saremo pronti alle ore 11.00."

Scossi la testa di fronte al tono formale del mio migliore amico. "Ricevuto."

Bussai alla porta del bagno per far capire a Maisie che avevo finito di parlare al telefono.

"Tutto bene?" chiese.

"Sediamoci."

"Dimmelo e basta."

"A quanto pare, Maxim è stato trovato morto questa mattina. Non abbiamo ancora dettagli."

Maisie si mise una mano davanti alla bocca. "Oh, mio Dio. Non volevo *questo*."

"Certo che no."

"Non avevo una grande opinione di lui, però."

"La mia opinione era peggiore."

Maisie si avvicinò e guardò fuori dalla finestra, scuotendo la testa. "Non riesco a credere che sia morto."

Non ero molto sicuro della sua reazione, quindi non sapevo bene cosa dire.

"Quando dobbiamo partire?"

Guardai l'orologio. "Tra un'ora circa."

"So che è un pessimo tempismo, ma ho bisogno di sentirmi vicina a te, Ranger."

La portai in camera da letto e la presi tra le braccia. Sentivo l'umidità delle sue lacrime sulla camicia e le accarezzai la schiena finché non fu il momento di andare.

QUANDO ARRIVAMMO AL LAGO, JIMMY E ONYX ERANO SEDUTI sulla veranda del campo accanto al nostro. Avevo già portato le valigie mie e di Maisie al piano di sopra e lei stava disfacendo le sue cose.

"Hai un minuto?" chiesi a mio fratello.

"Certo."

Quando lo condussi nella rimessa delle barche, accese la radio. "Cosa c'è?"

"Maisie si trasferirà qui."

"È una notizia fantastica, fratello. Sono felice per voi due."

"Grazie."

L'espressione di Jimmy cambiò, forse perché intuì il motivo per cui gli stavo parlando da solo. "Vuoi che mi trasferisca?"

"No, assolutamente no. Volevo solo che lo sapessi."

"Posso cercare un posto."

"Al momento non è necessario."

"Allora, voi due fate sul serio?"

Dovevo rispettare la volontà di Maisie di non raccontare

ancora a nessuno che ci eravamo sposati, compreso mio fratello. "Sì, facciamo sul serio."

QUANDO USCIMMO DALLA RIMESSA, UN'ALTRA MACCHINA ERA parcheggiata nel vialetto, ma più vicina al campo di Blanca. Guardai in quella direzione e vidi lei e Onyx sulla veranda, seduti sul dondolo basso che lui e mio fratello avevano costruito per lei.

"Sembra che dovrò sparire anche da lì."

Gli strofinai la spalla. "Sei sempre il benvenuto al campo."

"Pensavo davvero che alla fine le cose tra me e Melanie si sarebbero risolte, ma è molto improbabile."

"Mi dispiace, Jimmy."

Scese fino al molo e si mise a fissare il lago. Pensai che avesse bisogno di stare da solo, così rientrai.

"Com'è andata?" chiese Maisie. "Posso sempre andare..."

La bloccai in un angolo. "Ovunque tu vada, vengo anch'io. Per il resto delle nostre vite, bellezza."

Passammo una serata tranquilla da soli. Non avevo idea di dove fosse andato Jimmy, ma sapevo che non era nel bungalow accanto, visto che c'era Blanca. Il fatto che se ne fosse andato mi faceva sentire una merda, ma era un uomo adulto in grado di prendere le proprie decisioni. Chi lo sapeva, forse era uscito e aveva avuto fortuna?

"DOC E MERRIGAN DOVREBBERO ARRIVARE PRESTO E LA NOSTRA riunione inizierà poco dopo," dissi la mattina dopo. Avevamo già parlato del fatto che Maisie sarebbe rimasta nel cottage accanto con Blanca e mio fratello, se fosse tornato. "Eccolo," dissi sotto-voce quando lui si fermò lì davanti pochi secondi dopo.

"Devo andarmene adesso?"

"No, finché non arrivano." Condussi Maisie verso il divano e la presi sulle ginocchia quando mi sedetti. "Come ti senti ad essere tornata qui?"

"Bene. Voglio dire, mi sento in colpa per non aver detto ai miei nonni che siamo *sposati*," sussurrò l'ultima parola. "Ma forse, dopo la riunione, potremo dirglielo insieme."

"Per me va bene." Non volevo sollevare l'argomento successivo, ma dovevo farlo. "Come ti senti per la morte di Maxim?"

Lei mi appoggiò la testa sulla spalla. "Suppongo che dovrei essere sconvolta, ma non è così. Non credo che meritasse di morire, ma non era una persona molto gentile."

"Tutti sentimenti logici."

"Sembra che i tuoi ospiti fossero proprio dietro di me," disse Jimmy, entrando dalla porta sul retro.

Maisie scese dalle mie ginocchia. "Ci vediamo dopo."

"Vengo con te fino alla porta accanto."

"Come sta Blanca?" sentii Merrigan chiedere quando fui di ritorno dall'altro campo. Non riuscii a sentire la risposta di Onyx, ma sentii quello che disse dopo: "Abbiamo intenzione di sposarci."

Merrigan lo abbracciò. "Sono così felice per entrambi."

Non vedevo l'ora di dire a tutti che io e Maisie eravamo già sposati. Il petto mi si gonfiava di orgoglio al pensiero. Dio, quanto l'amavo.

"Eccoti qui," disse Merrigan girandosi verso di me. "Mi dispiace che tu abbia dovuto interrompere il tuo viaggio."

"Era comunque ora di tornare." Ci baciammo sulla guancia.

"Dovremmo iniziare. Ci sono molte cose di cui dobbiamo parlare."

Mi sedetti quando Doc chiese a tutti di farlo. Lui si avvicinò e si accomodò sulla sedia accanto a Onyx, mentre Merrigan rimase in piedi.

"Questo sarà l'unico incontro in assoluto che terrò a nome

della nostra nuova unità, la K19 Shadow Operations," esordì. "D'ora in poi, la squadra e le sue missioni saranno nelle mani di Onyx e Ranger." Tutti i presenti applaudirono.

"Ormai dovreste aver ricevuto tutti il rapporto finale sulla nostra ultima missione. Se ci sono domande, risponderò. Tuttavia, preferirei non dedicarvi più tempo del necessario. A causa degli omicidi su commissione pattuiti contro i partner della K19 Security Solutions, la United Russia sarà costretta a subire sanzioni che potrebbero metterla in ginocchio. Abbiamo anche chiesto le dimissioni e l'incarcerazione del loro leader, se vogliono che le sanzioni vengano revocate."

Prima che potessi chiedere perché facevamo quella riunione, se non avevamo intenzione di parlare dell'esito della missione, Doc si alzò e consegnò una busta a tutti i presenti, tranne che a Merrigan.

"Di cosa si tratta?" chiese Onyx.

"La tua prima missione ufficiale," rispose lui.

Come tutti gli altri, compreso Doc, aprii la busta e scrutai le prime righe.

"Di cosa di tratta?" ripeté Onyx.

Ero felice che l'avesse fatto. Non riuscivo a capire perché fossimo stati ingaggiati per condurre le indagini su un rapimento e un omicidio che normalmente sarebbero stati di competenza delle forze dell'ordine locali, se non fossero stati superati i confini dello Stato, e dell'FBI, in caso contrario.

"Siamo stati ingaggiati dalle famiglie delle vittime," rispose Merrigan.

"Aspetta. Famiglie?" chiese lui.

Girai la pagina e scoprii che era coinvolta più di un'indagine.

"Tre?" Per l'ennesima volta, Onyx fece la stessa domanda che avrei voluto fare io.

"Quello che crediamo è che ci sia un serial killer a piede libero. Uno che prende di mira le figlie delle famiglie benestanti della zona."

Prendere di mira le figlie delle famiglie ricche? *Cazzo*. Maisie corrispondeva al profilo della vittima meglio di chiunque altro.

Nello stesso momento in cui mi alzai, lo fece anche Onyx. Non mi importava cosa pensassero del fatto che noi due stessimo interrompendo la riunione; dovevo vedere Maisie con i miei occhi e assicurarmi che lei fosse lì accanto, a parlare, a ridere, a divertirsi con Blanca e mio fratello.

Andai in cucina e guardai fuori dalla finestra. "*No!*" gridai quando vidi che la porta del campo era aperta. Perché quella cazzo di porta era aperta. Era pieno inverno.

Presi la pistola e mi misi a correre, finché i miei peggiori timori non furono confermati. Jimmy e Blanca erano entrambi imbavagliati, bendati e legati alle sedie.

"Dove diavolo è Maisie?" gridai a Jimmy, mentre Wasp lo slegava e Onyx faceva lo stesso con Blanca.

"L'hanno presa," gridò Blanca non appena le fu tolto il bavaglio dalla bocca.

"Chi?"

"Due uomini. Vestiti di nero. Passamontagna," disse Jimmy tra una boccata d'aria e l'altra. "Hanno usato i taser."

"È stato colpito." Wasp indicò il sangue che filtrava nel tessuto della camicia di mio fratello. Feci un passo di lato quando Doc corse verso di lui.

"Ricordi qualcos'altro?" Sentivo le parole di Onyx, ma erano attutite dal rombo del sangue che mi scorreva in corpo. Ogni centimetro della mia pelle si sentiva come se fosse stato punto da mille spilli, mentre il mio cervello innescava una risposta di lotta-o-fuga.

L'avevo già provata in passato, più volte di quante ne potessi contare, ma questa volta era diverso. Non avevo paura per me. Qualcuno aveva preso mia *moglie* e spettava a me ritrovarla.

Io e Onyx controllammo le altre stanze del bungalow, mentre Doc si occupava di mio fratello. Nel frattempo, il resto della squadra fece un sopralluogo nella proprietà.

"Jimmy ha subito una ferita da coltello. Ho arrestato l'emorragia, ma devo ricucirlo. Spostiamoci nel cottage accanto," disse Doc quando tornai nella stanza principale del bungalow.

Mi misi dalla parte non ferita di mio fratello e lui mi passò un braccio intorno alle spalle. "Mi dispiace, Range. Avrei dovuto proteggerla."

"Non potevi fare nulla, Jimmy. Ti hanno teso un'imboscata."

"Dobbiamo riorganizzarci," sentii dire Merrigan, mentre io e Doc portavamo Jimmy in una delle camere da letto. Riorganizzarci? Cioè fare una riunione? Ovvero stare con il culo per terra quando Maisie era appena stata rapita? Cazzo, no. Non mi sarei riorganizzato.

"Quanto ti ci vuole per ottenere una palatrice?" chiesi a Wasp.

"Potrei riuscire a convincere qualcuno della forestale a portarci su. Cos'hai in mente?"

"È la prima settimana di febbraio. Quanti veicoli entrano ed escono dal parco in questo periodo dell'anno? Senza contare che il numero di strade già chiuse riduce l'area da perlustrare."

"E se non fosse stata trasportata fuori dal parco, Ranger?" chiese Merrigan. "Potrebbe essere stata facilmente portata in una delle altre case lungo questo lago o nei dintorni."

"Non posso stare seduto senza fare nulla."

Onyx mi mise una mano sulla spalla. "Sai bene come vanno le cose, fratello. Sei troppo coinvolto e devi mantenere la calma. Se ci fossi io al tuo posto in questo momento, mi diresti di fare la stessa cosa."

Non riusciva a capire. Avrebbe mantenuto la calma, se fosse stata rapita sua moglie?

"Qual è la posizione di Diesel?" chiese a Doc.

"Dieci minuti da qui."

Onyx si girò verso di me. "Siamo d'accordo?"

Feci un cenno di assenso. Una volta arrivato Diesel, avremmo elaborato il nostro piano per ritrovare Maisie. Era quello che facevamo. Quello che avevamo fatto fin dalla nostra prima missione.

"Stiamo chiamando tutti quelli che possiamo, Ranger," disse Merrigan, posandomi la mano sul braccio. "Sai quanto siano vitali le prime ore. Dobbiamo iniziare a perlustrare la zona, a cercare chiunque possa aver visto qualcosa. Quello che hai detto sul fatto che in questo periodo dell'anno c'è meno gente al lago andrà a nostro vantaggio, ma ci serve un piano."

"Canada Lake è una comunità piccola e affiatata. Dovremmo spargere la voce, non starcene qui seduti," mormorai sottovoce, allontanandomi.

Andai nella veranda e guardai oltre il lago, dove vivevano i nonni di Maisie. Dovevano essere informati di cos'era successo. Tornai dentro e attraversai la cucina fino alla porta d'ingresso.

"Dove stai andando?" chiese Onyx.

"Al campo dei Jones."

Invece di cercare di dissuadermi, lui afferrò il portachiavi appoggiato sul bancone della cucina. "Andiamo."

"Non so cosa dovrei dire," affermai quando lui si fermò nel loro vialetto.

"Non lo farai tu, ma io."

"Ricevuto." Se fossi riuscito a parlare, gli avrei detto quanto apprezzavo il fatto che avesse preso in mano la situazione, ma non ci riuscivo. Ero rimasto senza voce dall'emozione.

"Siete tornati! Com'è andato il viaggio?" chiese Mary aprendo la porta con un grande sorriso sul volto. Guardò dietro di me. "Dov'è Maisie?"

"Non è con me."

Al mise una mano sulla spalla della nonna della mia amata moglie e i nostri occhi si incontrarono. "Cosa succede?" chiese lei.

"Entriamo e sediamoci," disse Onyx, guidandoci tutti verso il divano.

"Mi stai spaventando," disse Mary. Allungai il braccio e le coprii la mano con la mia.

La mia mente correva mentre Onyx spiegava cos'era successo in quelle ultime due ore. Se Maxim non fosse morto, la prima persona che avrei sospettato di averla rapita sarebbe stato lui. Non riuscivo a credere che potesse trattarsi della stessa persona che aveva ucciso le altre tre vittime. L'idea di perdere la donna più importante del mondo per me, prima ancora di poter iniziare la nostra vita insieme, mi faceva correre un brivido gelido nelle vene.

"Abbiamo già una squadra di investigatori e ne stanno arrivando altri. Sono state chiamate le forze dell'ordine locali e l'FBI. Faremo tutto il possibile per ritrovare sua nipote il prima possibile."

"Chi... cioè... perché..." Mary si interruppe, incapace di continuare.

"Non lo sappiamo," rispose Onyx. "Ma la troveremo, Mary."

"Le altre..." iniziò a dire Al, ma non riuscì a finire.

Speravo che i Jones non fossero a conoscenza degli altri rapimenti, ma a quanto pare lo avevano saputo.

"Non sappiamo se il rapimento di Maisie sia collegato," disse Onyx. "Non lo stiamo escludendo. Stiamo valutando ogni possibilità."

"Dovrei chiamare Francis," disse Al, prendendosi la testa tra le mani. Francis Arnst era l'avvocato della famiglia Jones, come lo era della nostra famiglia fin da quando ero bambino. Era un uomo vecchio stampo... nel senso che una famiglia non faceva molte mosse senza il suo consiglio. Non mi sorprese che Al avesse pensato subito di chiamarlo. Francis rappresentava anche le tre famiglie che avevano assunto la nostra compagnia per trovare l'assassino delle loro figlie.

"Dove sono Fred e Caroline?" chiesi, sapendo che avremmo dovuto affrontare quella conversazione una seconda volta, con la madre e il padre di Maisie.

"In crociera da qualche parte," disse Al, guardando la moglie.

"Mary, sai come raggiungerli?"

"Possiamo provare sul cellulare di Fred," rispose lei, indicando il suo telefono sul bancone della cucina. Onyx si avvicinò e lo prese.

Nello stesso momento, il mio telefono vibrò per un messaggio in arrivo da parte di Doc Butler. *Io e Diesel ci stiamo dirigendo lì per organizzare la sorveglianza e le comunicazioni.*

Ricevuto, risposi.

"Stiamo mettendo in atto dei metodi per monitorare tutte le chiamate in entrata, nel caso in cui chi ha preso Maisie si metta in contatto," dissi loro.

"In pieno giorno," borbottò Al.

Onyx posò il cellulare e scosse la testa, indicando che non era riuscito a raggiungere i genitori di Maisie. "Mary, ha un elenco delle persone che risiedono qui tutto l'anno?" chiese. "La nostra squadra girerà da un campo all'altro, ma sapere quali dovrebbero essere occupati sarà utile."

Lei si alzò e si diresse verso la scrivania che dava sul lago.

Ripensai a quello che Merrigan aveva detto sulla possibilità che Maisie fosse stata portata in uno dei campi intorno a quello stesso lago. Non eravamo andati abbastanza avanti nella nostra riunione iniziale perché io sapessi dove erano stati trovati i corpi delle altre tre donne rapite e poi uccise. Cominciavo a rimpiangere di aver perso l'opportunità di avere delle risposte a quella e ad altre eventuali domande.

Andai alla porta quando vidi arrivare un altro SUV. Io e Doc ci scambiammo un cenno quando lui passò ed entrò.

La prima cosa che io e Diesel facemmo, fu abbracciarci.

"Come stai reggendo questa cosa?" mi chiese.

"Non saprei dirlo."

"Comprensibile."

"Davvero?"

"Assolutamente sì. Maisie è una persona molto importante per te, e tu sei molto protettivo."

Importante per me? Era molto di più, ma nessuno sapeva fino a che punto. Nemmeno il migliore amico che avevo al mondo.

"È il tuo lavoro, Ranger. Questo è il test definitivo delle tue capacità. Riuscirai a tenere sotto controllo le emozioni per salvare la vita di una donna con cui hai una relazione?"

Non solo una relazione. Maisie era mia moglie. "Quanto pensi che Doc e Merrigan mi lasceranno davvero fare?"

Diesel scosse la testa. "Non dipende da loro. Anche se sono entrambi sotto il controllo del K19, questo è un incarico delle Shadow Ops, non delle Security Solutions."

"Diesel, che mi dici di..." Non riuscivo a pronunciare il nome di quel bastardo.

"Maxim è morto, Range. La polizia di New York lo ha confermato. Stiamo ancora aspettando i risultati dell'autopsia, ma ritengono che l'identificazione sia affidabile."

Annuii, sapendo che aveva ragione e, allo stesso tempo, maledicendomi di nuovo per aver rifiutato di partecipare alla riunione voluta da Merrigan.

Mi scervellai per cercare di ricordare cosa era stato detto prima che io e Onyx ci precipitassimo nel cottage accanto e scoprissimo che Maisie era scomparsa. Avevo sfogliato qualche riga del rapporto, quando Merrigan ci aveva informati che eravamo stati ingaggiati dalle famiglie delle vittime.

Le ultime parole che avevo sentito prima che le mie peggiori paure fossero confermate erano state queste: lei credeva che un serial killer stesse prendendo di mira le donne di famiglie benestanti.

Merrigan ci stava aspettando quando io, Diesel e Doc tornammo al campo dopo aver lasciato la casa di Mary e Al. Onyx era partito poco prima di noi, dicendo che sarebbe stato con Blanca, se avessimo avuto bisogno di lui.

"Jimmy è di sopra a riposare, ma ha chiesto di essere svegliato quando voi foste tornati," ci disse quando entrammo in casa.

"Dove sono tutti gli altri?"

"È stato allestito un posto di comando presso la stazione forestale sull'altra sponda del lago."

In quel posto c'erano almeno una decina di bungalow e un lodge principale, quindi era un buon posto per organizzare una cosa del genere. Tirai fuori il documento per rileggerlo.

"Anche Money McTiernan sta inviando un'unità dell'agenzia," sentii dire da Doc.

"Ricevuto," mormorai senza alzare lo sguardo dal fascicolo.

Anche se i rapimenti precedenti erano avvenuti entro i confini del Parco Adirondack, non si trattava di un'area piccola. Comprendeva quasi sei milioni di acri, più di Yellowstone, delle Everglades, del Glacier National Park e del Grand Canyon National Park messi insieme, e il sessanta per cento del parco era coperto da foreste.

La prima vittima era stata rapita vicino a Lake Placid. Il suo corpo era stato ritrovato a più di cento miglia da lì. La seconda era stata rapita vicino a Peck Lake. Il suo corpo era stato scoperto nella foresta, a cinque minuti di cammino dal campo della sua famiglia. La terza era stata recuperata a dieci miglia dal luogo in cui era stata rapita.

Quindi, nessuno schema fisso. Nulla su cui basarsi. Almeno non ancora. Come aveva detto Diesel, quello era il nostro lavoro. Eravamo protettori, soccorritori. Eravamo entrati in azione e avevamo recuperato agenti e civili dalle situazioni più letali. Potevamo farlo. Avremmo trovato Maisie, poi avremmo annientato chiunque l'avesse rapita.

Tuttavia, c'era qualcosa nel modo in cui era stata rapita che non aveva senso. Blanca e Jimmy avevano detto che erano stati due uomini. Sebbene il rapporto preparato da Merrigan non contenesse informazioni sul modo in cui erano state rapite le altre tre donne, erano pochi i casi che ricordavo in cui un serial killer non agisse da solo.

"Dobbiamo separarci dal gruppo ed elaborare il nostro piano," dissi a voce così bassa che non credevo che qualcun altro mi avesse sentito.

"Non lo farai senza di me." Non avevo visto entrare Onyx, ed era ovvio che nemmeno Diesel l'aveva visto.

Piegai entrambe le mani e guardai verso il punto in cui Doc stava parlando con Merrigan. "Dove alloggiano?"

"Nel cottage della forestale," rispose Onyx. "Aspetteremo che escano per parlare, poi li raggiungeremo per delineare i passi che intendiamo compiere."

Annuii. "Chi c'è con Blanca?"

"Swan all'interno. Buster e Wasp sorvegliano il perimetro esterno." Onyx mi mise una mano sulla spalla. "Questa è la prima missione ufficiale delle Shadow Ops del K19 e, anche se detesto con ogni fibra del mio essere che si tratti di trovare Maisie, sai bene quanto me che *non falliremo*."

Pregai che avesse ragione.

Merrigan si avvicinò e mi abbracciò. "Hai bisogno di qualcos'altro da parte nostra in questo momento?"

Onyx rispose per me. "Dateci qualche minuto e vi seguiremo all'istante."

"Ricevuto," disse Doc, rispondendo per entrambi.

Dopo averli visti allontanarsi, noi tre ci riunimmo intorno all'isola della cucina. Diesel tirò fuori una mappa dell'Adirondack Park. Evidentemente aveva avuto la mia stessa idea, perché vidi che aveva cerchiato le zone in cui le altre donne erano state rapite e anche quelle in cui erano state trovate.

"Nessuno schema fisso," mormorò Onyx, confermando anche quello che avevo pensato prima.

"Dovremmo avere le riprese video di ogni percorso che porta fuori dal parco entro poche ore," disse Diesel. "Money ha chiesto all'agenzia di recuperarle da ogni attività, oltre che dalle telecamere del servizio forestale."

Dato che la maggior parte del parco non era utilizzata, la forestale ci avrebbe fornito il maggior numero di informazioni, ma non nutrivo molte speranze che chiunque avesse preso Maisie l'avesse trasportata in bella vista. Dio, mi sentivo così impotente. Non potevo passare un altro minuto senza fare nulla.

"Sono pronto a iniziare a perlustrare i campi ora. Non ho bisogno di un'altra fottuta riunione."

Onyx guardò Diesel, prima di guardare me. "Voglio che tu faccia un passo indietro da tutto questo."

Quando mi alzai, lo sgabello sul quale ero seduto cadde a terra. "Non me ne frega un cazzo di quello che vuoi. Lo farò da solo…"

"Senti, so che sei agitato…"

Interruppi Onyx come lui aveva fatto con me. "*Agitato?* Hai detto agitato? Non sono agitato, cazzo. Mi sento come se una parte di me stesse morendo dentro e non posso permetterlo. Lo capisci? *Non posso permetterlo.*"

"Capisco quanto Maisie sia importante per te…"

"Non hai la minima idea di quanto lei sia importante per me. Maisie è l'amore della mia vita." Stavo quasi per crollare, ma dovevo pronunciare le parole successive. "*È mia moglie.*"

L'emozione che mi ero tenuto dentro esplose come un vulcano. "È mia moglie," ripetei, questa volta con le lacrime agli occhi. "È la mia cazzo di moglie."

Onyx e Diesel si alzarono entrambi in piedi. "Mi dispiace, Range. Non ne avevo idea. Anche se, ora che l'hai detto, ha senso. Avrei dovuto capirlo. Ecco perché ci siamo dovuti fermare a Long Lake."

Annuii. "Ci siamo sposati quella sera."

I miei occhi incontrarono quelli di Onyx. I suoi erano pieni di lacrime come i miei. "La troveremo e la riporteremo a casa sana e salva."

"Che Dio ci ascolti," mormorai, strofinandomi il petto.

18

Maisie

Dove diavolo ero e cosa c'era che non andava nel mio corpo? Era come se, per quanto cercassi di aprirli, i miei occhi non riuscissero a farlo. Anche le braccia e le gambe non si muovevano.

Sentivo la musica della giostra in lontananza, a meno che non si trattasse di un altro degli strani sogni che avevo fatto. Di solito quel suono mi tranquillizzava, ma non in quel momento. Ora era più come se la musica fosse distorta, come un effetto speciale in un film dell'orrore. Mi rendeva triste: non che i miei occhi riuscissero a versare lacrime più di quanto riuscissero ad aprirsi.

Mentre crescevo, il parco di divertimenti della mia famiglia era stato il mio rifugio. Allora lo gestivano i miei nonni, ma ormai non era più così. Era chiuso da anni, ma stavo cercando di cambiare le cose. Ma come? Non riuscivo a ricordare, così come non riuscivo ad aprire gli occhi o a muovere le braccia. Mi addormentai e scivolai di nuovo nel sogno che continuava a ripetersi nella mia testa. Sognavo Ranger, il primo giorno in cui ci eravamo incontrati. Erano passati anni, ma mi sembrava che fosse successo il giorno prima.

Stavo lavorando al molo del Canada Lake Store quando lui aveva accostato con il Chris-Craft di famiglia per fare il pieno di benzina.

"A chi appartiene quella bagnarola?" avevo chiesto, sorprendendomi di quanto la mia voce suonasse disinvolta, dato che le mie viscere stavano facendo le capriole in presenza di quel ragazzo follemente bello. I suoi capelli castano scuro si arricciavano a contatto con le orecchie e i suoi occhi caldi, del colore del whisky, osservavano le altre barche ormeggiate al molo. Non osavo guardare il petto nudo, già abbronzato anche se la stagione estiva era appena iniziata.

"Messick," disse senza nemmeno guardarmi. Perché avrebbe dovuto farlo? Ero una quattordicenne esuberante, con i capelli biondo-bianchi, la pelle pallida e le gambe lunghe che mi facevano sembrare un puledro che cercava di stare in piedi dopo essere stato appena partorito.

"Ci penso io," disse lui, sfiorando la mia mano con la sua per una frazione di secondo, prima di cercare di prendere l'erogatore.

"Non possiamo lasciare che i clienti facciano benzina da soli."

"E gli altri dipendenti?"

Mi strinsi nelle spalle. "Certo che gli altri dipendenti possono farlo."

"Allora dammelo." Mi mise una mano sul braccio e con l'altra prese l'erogatore. "Sono Owen e inizio domani."

"Maisie Ann," dissi, desiderando di aver omesso il mio secondo nome. Mi faceva sembrare la bambina che ero.

"Maisie Ann," ripeté lui. "Mi piace."

"Sapevi che Jimmy Messick ha un fratello minore?" chiesi alla mia amica Jill quando mi raggiunse al molo all'inizio del suo turno.

"Owen? Oh, già."

"Come fai a conoscerlo?"

"Gioca a basket con mio fratello maggiore."

Da quel giorno non mi persi una partita di basket. O di baseball, quando venni a sapere che lui praticava anche a quello sport.

Lo vedevo più spesso d'estate, però, quando i ragazzi dei campi intorno al lago si incontravano a Nick Stoner Island. Ci ammassavamo tutti sulle barche e raggiungevamo lo spicchio di terra in mezzo al lago, dove accendevamo un falò, bevevamo birra e stavamo insieme. Di tanto in tanto, vedevamo una coppia sgattaiolare dall'altra parte dell'isola per pomiciare.

Mai io, però. Sono rimasta un brutto anatroccolo fino all'estate tra il terzo e l'ultimo anno di liceo.

A quel punto, Owen Messick, che la banda aveva iniziato a

chiamare Ranger, come avevo sentito, non veniva più tanto spesso al lago. Veniva di tanto in tanto per un fine settimana e potevo intravederlo al negozio del lago, ma non dava mai segno di riconoscermi.

Almeno fino alla sera del mio diciottesimo compleanno.

UN FORTE RUMORE MI RIDESTÒ DAL SOGNO E RIUSCII AD APRIRE un occhio, solo per rendermi conto che ero stata bendata. Con il ritorno della sensibilità alle estremità e del controllo sui muscoli, tornò anche la memoria a breve termine.

Prima mi avevano stordita con un taser, poi avevo assistito con orrore all'iniezione di qualcosa nella mia gamba da parte di un uomo che indossava mascherina e guanti. Dopodiché, non ricordavo nulla.

Cercai di muovere le braccia, ma erano legate. Anche le gambe lo erano e avevo un bavaglio in bocca. Anche se ero avvolta in una coperta ruvida, sotto ero nuda.

"Ah, la principessa si è svegliata, finalmente." La voce della persona che parlava aveva un suono familiare, ma non aveva alcun senso.

L'uomo coprì il mio corpo con il suo, premendo l'erezione contro di me. Mi venne voglia di vomitare quando scostò la coperta e le sue labbra si spostarono dal mio collo fino ai seni nudi.

"Non toccarmi!" cercai di urlare attraverso il bavaglio, ma le parole non erano comprensibili. Mi fece girare a pancia in giù e mi schiacciò la faccia sul terreno duro sotto la coperta.

Quando sentii che armeggiava con la cerniera, chiusi gli occhi più forte che potevo e tirai su le ginocchia, cercando di proteggermi il corpo.

"Fottuta puttana." Mi afferrò i capelli e mi tirò indietro la testa. La sua bocca era vicina al mio orecchio e mi morse il lobo così forte da farmi urlare di nuovo attraverso il bavaglio. Si sedette, mettendosi a cavalcioni sulla mia vita. Pochi secondi dopo, sentii la puntura dell'ago nella coscia e tutto svanì nell'oscurità.

❧ 18 ❧

RANGER

"Chi cavolo è quella?" chiesi a Onyx quando, entrando nel cottage principale del campo della forestale, vidi una donna che non riconobbi.

Lui strinse i pugni. "Non ne ho idea, ma stiamo per scoprirlo."

Diesel gli afferrò il braccio prima che potesse dirigersi verso il punto in cui la sconosciuta stava parlando con Doc e Merrigan. "È l'agente speciale Bryar Davies. L'ha mandata l'FBI."

"Perché lo vengo a sapere solo ora?" chiese Onyx sottovoce.

Quando Diesel alzò il telefono, Onyx guardò il suo. "Capito."

Forse avevo ricevuto anch'io un messaggio al riguardo, ma non me ne fregava niente. Volevo che quella riunione terminasse, così da poter iniziare a fare qualcosa, invece che limitarci a parlarne. Era quasi mezzanotte e Maisie era stata rapita alle nove di quella mattina. Quindici ore e, per quanto ne sapevo, non avevamo indizi su dove si trovasse.

Onyx si presentò all'agente dell'FBI, presentò anche me, poi si rivolse a Diesel.

"Agente Davies, il signor Jacks sarà il tuo referente per questa indagine."

Diesel tese la mano, ma la signorina Davies, che aveva al massimo vent'anni, non la strinse.

"Questa faccenda è sotto la giurisdizione dell'FBI. Se ci sono incarichi da assegnare, sarò io a farlo."

"Come ho detto, se ha delle domande sarà Diesel a rispondere." Onyx si girò per andarsene, ma si fermò e guardò da sopra la spalla. "E questo solo se deciderò che hai bisogno di sapere."

"Ma..."

"Doc, Merrigan, una parola," disse Onyx facendomi un cenno. Li seguii in una stanza separata e chiusi la porta dietro di me. "C'è stato uno sviluppo sul quale Ranger deve aggiornarvi."

Si voltarono verso me.

"Io e Maisie siamo sposati."

Gli occhi di Doc incontrarono quelli di Merrigan, che annuì. "Lo sappiamo, Ranger."

Non mi preoccupai di chiedere come fosse possibile. Non aveva importanza. "Se pensi che abbia intenzione di farmi da parte..."

Merrigan mi mise una mano sul braccio. "Non suggeriremmo nulla del genere, e anche se lo facessimo, Onyx non sarebbe mai d'accordo. Tuttavia, ci sono dei protocolli che devono essere seguiti per i casi di rapimento."

"Ad esempio?"

"Daremo un'occhiata a quello che ha preparato l'agente Davies e a quello che avete fatto." Passò lo sguardo tra me e Onyx e nessuno di noi la contraddisse.

"Allora cominciamo."

"Ricevuto," disse Onyx contemporaneamente a me.

"Ranger, permetti una parola?" chiese Doc. "Devi riposare un po'. O qui o al tuo campo. So che è l'ultima cosa che vuoi fare, ma domattina dovrai essere al massimo della forma."

Prima che potessi rispondere, bussarono alla porta ed entrò Diesel. "Mi dispiace interrompervi, ma questo non può aspettare."

"Cosa c'è?" chiese Doc.

"È arrivata una richiesta di riscatto."

Ci precipitammo da uno dei ragazzi dell'agenzia che conoscevo e che stava preparando la registrazione per farcela ascoltare. Non era sorprendente che la voce della persona che parlava fosse stata distorta digitalmente. L'uomo aveva chiesto che venti milioni di dollari fossero consegnati in due parti separate da dieci milioni ciascuna. Entrambi i luoghi erano abbastanza pubblici: uno a Gloversville e uno a Johnstown, le due città più grandi nelle vicinanze del Canada Lake.

Si trattava di una tattica comune, osservata soprattutto nei film o in TV. L'idea era che il rapitore potesse sorvegliare la prima consegna, per vedere se la persona che aveva preso la borsa fosse seguita. In caso contrario, il resto sarebbe stato raccolto in modo sicuro. Nella vita reale funzionava raramente, il che significava che il nostro rapitore non era esperto come avevamo creduto all'inizio.

L'agente Davies scosse la testa mentre ascoltava. "Sia l'importo e che la modalità di consegna sono diversi dal solito. Prevedo che lo sentiremo al più presto, visto che non ha indicato alcun termine."

"Francis Arnst è arrivato ora con Al e Mary," riferì Buster, che si trovava all'interno del loro campo quando era arrivata la chiamata per il riscatto.

"Quando è arrivato?" chiesi.

"Al l'ha contattato ieri e ha chiesto un incontro per questa mattina. Il signor Arnst li sta aiutando a mettere insieme il riscatto."

Annuii, poi feci cenno a Diesel di spostarsi su un lato della stanza. "Vedi cosa riesci a scoprire sui dettagli del rapimento precedente, in particolare se ci sono notizie di più di un aggressore."

"Ricevuto."

Se n'era andato solo da un paio di minuti quando tornò nel

punto in cui stavo parlando con Doc, Merrigan e Onyx. "*Nada.* Niente sui rapimenti in sé."

I miei occhi incontrarono quelli di Onyx. Dovevano esserci delle prove, ma dato il tempo trascorso, era troppo tardi per cercare qualcosa come le impronte.

"C'è qualche collegamento tra le tre vittime precedenti, a parte il fatto che provenivano da famiglie benestanti che vivevano all'interno dei confini del parco?"

"Credo che Money abbia chiesto a qualcuno della CIA di lavorarci."

"In realtà, l'FBI ha scoperto un collegamento," affermò l'agente Davies, che era ferma davanti a noi con le braccia conserte.

"*E?*"

"Tutte e quattro, compresa l'ultima vittima, hanno frequentato il college nelle vicinanze di Hanover, nel New Hampshire."

"Dartmouth," dissi sottovoce.

"Sì, due di loro si sono laureate a Dartmouth, una ha frequentato il Lebanon College e la quarta la Plymouth State University."

Quel legame non mi piaceva affatto e, guardando Diesel, potei affermare che non piaceva nemmeno a lui.

Quando uscii dal cottage, lui mi seguì. "Notizie dal medico legale?" chiesi.

"Non ancora."

La porta si aprì e Onyx ci raggiunse. "Continuate a dimenticare di invitarmi a partecipare alle vostre conversazioni. Ora, spiegatemi perché siete venuti qui fuori a parlare."

Gli fornii la versione più breve possibile della storia di Maxim Edwards.

"Buster conosce tutti i dettagli."

"Esatto."

"Avete anche voi l'impressione che il resto della squadra trascuri di condividere le informazioni con me, come fate voi due?" Raramente avevo visto Onyx arrabbiato come in quel momento. "Capisco che voi due siate abituati a elaborare i vostri piani, a operare al di fuori della squadra, ma noi tre *siamo* la squadra."

"Scusami, ma..."

"Non appena si aggiunge quella parola, non si tratta più di scusarsi, ma di trovare delle scuse."

"Sissignore."

"Diesel, vai lì dentro e aggiorna l'agente Davies. Ranger, io e te resteremo qui fuori a parlare." Invece di dirmi qualcosa, Onyx tirò fuori il telefono e fece una chiamata.

"Rock, ho un problema con l'indagine sul serial killer."

Ritter "Rock" Johnson era un altro uomo che conoscevo dai tempi in cui lavoravo per la CIA. L'ultima volta che avevo sentito parlare di lui, lavorava ancora per loro.

Continuai ad ascoltare quello che diceva Onyx. "Ho bisogno che tu faccia pressione sul medico legale per avere i risultati sulla morte di Maxim Edwards." Chiuse la chiamata e rimise il telefono in tasca.

"Che altro?"

"Perché le accuse contro di lui sono scomparse?"

"Aggiornami."

"Edwards era indagato per molteplici capi d'accusa di frode finanziaria. Stava per essere incriminato e all'improvviso è sparito tutto."

Onyx si sfregò la mascella. "Non ho nessun contatto nell'ufficio del procuratore generale di New York. Vediamo chi potrebbe averli."

"E per quanto riguarda la richiesta di riscatto?"

"Se ne sta occupando Doc. Lui e Merrigan sono partiti pochi minuti fa per il campo dei Jones."

Quando mi voltai per entrare nel cottage, Onyx mi chiese di aspettare.

"Ascolta, capisco che sia dannatamente difficile restare con le mani in mano, ma te lo chiedo comunque. Le squadre sono già andate a controllare i campi e riprenderanno domattina. La CIA e l'FBI stanno lavorando su questo caso da direzioni diverse. Per quanto riguarda questa indagine e per tutte quelle che seguiranno, sarai tu a condurre, Ranger. È il tuo lavoro."

"Per te sarebbe così facile?"

Onyx fissò gli occhi nei miei. "Certo che no, cazzo. Ma a quante missioni abbiamo partecipato insieme?"

Scossi la testa.

"Permettimi di farti una domanda. Come sarebbero andate le cose se i nostri capi squadra non ci avessero lasciato fare il nostro lavoro? Se avessero creduto di essere gli unici in grado di farlo?"

Quando entrammo nel cottage, Diesel stava venendo verso di noi, con il telefono in mano. "L'identificazione di Maxim Edwards era sbagliata."

"*Cazzo!*" sbottai. "Sanno chi *è stato* ucciso?"

"Non ancora. Il DNA corrispondeva, ma non esattamente. Di chiunque si trattasse, era un parente stretto. Ora stanno lavorando sulle impronte digitali. Finora non è emerso alcun riscontro."

"Per questo hanno capito che non era Maxim." Gli avevano preso le impronte digitali, quando era stato accusato. "E le impronte dentali?"

Diesel scosse la testa. "Non è rimasto molto su cui lavorare."

"Ma la cosa più importante è che Edwards non è morto. Se a questo si aggiunge il collegamento con Dartmouth e altri college dell'area circostante, abbiamo un sospettato."

❧ 19 ❧

MAISIE

Non avendo modo di calcolare il trascorrere del tempo, non avevo idea di quanto a lungo fossi stata tenuta in uno stato indotto dai farmaci. Potevano essere ore o giorni.

Quando pensava che fossi sveglia, l'uomo che mi teneva prigioniera mi schiaffeggiava, mordeva diverse parti del mio corpo o mi tirava i capelli mentre mi sputava in faccia. Mi premeva il corpo sul terreno e sentivo che cercava di spingere il pene dentro di me. Ogni volta, prima che riuscissi a capire se era riuscito a violentarmi, mi iniettava altre droghe che mi facevano perdere di nuovo conoscenza.

Dalla prima volta, quando mi aveva chiamata principessa, l'uomo non aveva più parlato. Non mi aveva nemmeno dato da mangiare o da bere, che io ricordassi. Non riuscivo nemmeno a ricordare quante volte mi fossi svegliata per poi subire un'altra iniezione.

Non avevo più sentito la giostra; forse era stato un sogno, dopotutto. C'era qualcosa di familiare nell'odore del posto in cui mi tenevano prigioniera, ma anche se fossi riuscita a rimanere sveglia abbastanza a lungo da capire dove mi trovassi, non avevo modo di dirlo a nessuno.

Sapevo che sognavo, soprattutto Ranger. Per i brevi periodi in cui ero sveglia, pensavo solo a lui. Sapevo che mi avrebbe cercata e quella era l'unica cosa che mi dava la speranza di uscire viva da lì.

Non potevo permettermi di pensare a quello che sarebbe potuto accadere in seguito. L'orrore di quello che stavo vivendo era già abbastanza grave. Chiedermi se Ranger mi avrebbe ancora voluta dopo che ero stata violentata non era una cosa che potevo gestire al momento.

Forse l'uomo sapeva esattamente per quanto tempo le droghe mi avrebbero tenuta in stato d'incoscienza, perché sembrava sempre che nel giro di pochi minuti sbattesse la porta e mi si avvicinasse abbastanza da farmi sentire il suo alito.

"Sei più preziosa di quanto pensassi," disse la voce che mi ricordava tanto quella di Maxim. Ma non poteva essere così. Maxim era morto. Oppure no? Avevo sognato Ranger che mi diceva che era morto? "Ancora poche ore, prima di ottenere il denaro che ci permetterà di sparire per sempre."

Ci? Aveva detto ci? E si riferiva al fatto che sarei sparita io con lui oppure qualcun altro, dopo che mi avessero uccisa? O che mi avessero lasciata lì a morire.

20

RANGER

Edwards doveva conoscere una via di fuga che noi non conoscevamo, dato che Buster e la sua squadra, che era stata incaricata di sorvegliarlo, credevano che lui si trovasse nel suo appartamento a New York.

Qualcuno stava recuperando i registri dei veicoli, in modo da poter lanciare un allarme su quelli in suo possesso. Quando fossero arrivati, l'agente incaricato di esaminare la videosorveglianza avrebbe avuto qualcosa di specifico da iniziare a cercare.

I testimoni più ovvi del rapimento erano Al e Mary, poiché potevano vedere il mio campo dal loro. Tuttavia, al momento del rapimento stavano facendo la spesa a Johnstown. Gli altri campeggi vicini, oltre a quelli occupati dai miei compagni di squadra, erano stati chiusi per l'inverno.

Trovare un veicolo che poteva essere stato usato per trasportare Maisie era la nostra migliore speranza, per il momento.

Capivo quello che aveva detto Doc sul fatto che al mattino avevo lavorato a pieno ritmo, ma ciò non significava che il mio cervello potesse spegnersi fino al punto di permettermi di riposare.

Guardai dall'altra parte della stanza, dove Diesel e l'agente dell'FBI erano impegnati in una conversazione. C'era qualcosa in quella donna che mi disturbava. Forse era il suo status di "outsider." Pur non conoscendo personalmente tutti gli agenti che Money McTiernan aveva mandato dall'agenzia, sapevo i loro nomi e per quale parte dell'agenzia lavoravano.

Per quanto riguardava le forze dell'ordine locali, conoscevo la maggior parte degli agenti e lo sceriffo da quando ero bambino. Canada Lake non era il tipo di posto in cui ci si trasferiva per fare carriera. Chi lavorava sul posto lo faceva perché abitava lì.

Rimaneva l'agente Davies. A me sembrava una ragazzina. Troppo inesperta per poter essere davvero d'aiuto. Ma la mia valutazione era corretta? Non aveva all'incirca l'età di Maisie? E quindi aveva solo quattro anni meno di me.

Avrei voluto strozzare Edwards, quando aveva suggerito che Maisie non aveva l'esperienza necessaria per realizzare i suoi progetti di riqualificazione di Canada Lake. Stavo facendo la stessa ipotesi su Davies.

Tuttavia, a giudicare dal cipiglio sul suo volto quando Diesel interruppe bruscamente la conversazione, mi chiesi se avessi ragione su di lei.

Doc e Merrigan entrarono nel cottage. Avevano entrambi un'aria stanca.

"A che punto siamo con il pagamento del riscatto?" chiesi.

Merrigan sospirò e guardò il marito.

"L'avvocato sta facendo pressione affinché paghino non appena la banca sarà in grado di svincolare i contanti, il che avverrà nel pomeriggio di domani." Guardò l'orologio. "O dovrei dire oggi pomeriggio."

"Stai suggerendo di non pagarlo?"

Doc scosse la testa. "Non posso dire loro di non fare tutto il possibile per riavere indietro la nipote. Tuttavia, le tre vittime precedenti sono state uccise anche se il riscatto era stato pagato. Finora non c'è traccia che quel denaro sia stato usato da qualche parte."

Le parole di Doc sul fatto che le altre vittime erano state uccise furono come una pugnalata al cuore. Ma aveva ragione, per quanto fosse difficile da sentire.

"Per noi la serata finisce qui," disse, mettendo un braccio intorno alle spalle di Merrigan. "Se dovesse succedere qualcosa d'importante, chiamami al cellulare. Sarò a pochi passi da voi. A proposito, Ranger, c'è una stanza pronta anche per te. Anche se non riesci a dormire, cerca di riposare un po'."

"Dove?"

Merrigan tirò fuori una chiave magnetica e me la porse. "Numero sette. È proprio accanto alla nostra."

"Grazie."

Andai a cercare Diesel e lo trovai all'esterno. "Che succede?"

Lui alzò gli occhi a guardare il cielo. "Sto pensando a quello a cui pensi tu, Range. Voglio trovarla." Si strofinò gli occhi. "L'FBI ha mandato dei droni a controllare tutti i campi che non dovrebbero essere occupati."

"Tu e l'agente non sembrate andare molto d'accordo."

"Questo è proprio l'eufemismo del secolo, cazzo," borbottò lui. "Il fatto è che lei è intelligente. Dannatamente intelligente. Quindi, per quanto voglia screditarla, non posso. Siamo fortunati ad averla in questa indagine."

"Sono uscito per dirti che andrò a sdraiarmi in una delle stanze del cottage. Se hai bisogno di me, mi trovi alla numero sette."

"Ricevuto."

Quando entrai, l'agente si stava stiracchiando. "Hai un posto dove riposare un po'?" le chiesi, cercando di fare una sorta di offerta di pace.

"Al momento sto monitorando i droni, ma dopo mi prenderò una pausa. Oh, e per rispondere alla tua domanda, sto in uno dei bungalow."

Annuii, mi incamminai verso il corridoio in cui si trovavano le stanze e mi imbattei in Onyx che usciva da una di quelle.

"Perché non sei tornato al campo di Blanca?"

"L'ho fatto. L'ho portata qui, per non sprecare le risorse di cui abbiamo bisogno per tenerla d'occhio lì."

"Grazie, Onyx."

"Troveremo Maisie e la riporteremo indietro sana e salva. Non siamo ancora al limite delle ventiquattro ore."

"Ricevuto," borbottai mentre andavo in camera mia. Non ero lì da più di trenta minuti, prima che Diesel bussasse alla mia porta.

"Abbiamo un riscontro sull'auto e stiamo inviando un drone per rilevare se c'è qualcuno nelle vicinanze," disse quando gli feci cenno di entrare.

"Dov'è?"

"Allo *Sherman's*."

Non mi ero preoccupato di togliermi i vestiti prima di sdraiarmi, così lo superai di corsa.

"Cos'avete?" chiesi all'agente Davies.

"Ancora qualche secondo e potrò dirtelo."

"Dobbiamo mettere insieme una squadra."

"Ci penso io," mi gridò Onyx mentre osservavo il portatile dell'agente, alla ricerca di segni di vita rilevati dal drone.

"Sono lì," annunciò lei, alzando lo sguardo verso di me. Osservai lo schermo ancora per qualche secondo per vedere quante persone ci fossero, in base al rilevamento dei movimenti del drone. *Tre.*

"Muoviamoci!" gridai.

Doc uscì dal corridoio, portando con sé due set di equipaggiamenti tattici, e me ne lanciò uno. "Indossali."

Lo feci e corsi fuori dalla porta verso un SUV in attesa con il motore acceso e la portiera anteriore del passeggero aperta. Al volante c'era Diesel.

Avevamo due ore prima che sorgesse il sole, togliendoci il vantaggio offerto dai visori notturni, ma non c'era bisogno di dirgli di sbrigarsi. Stimai che stesse andando come minimo a novanta, una volta usciti sulla strada. Probabilmente era andato a sessanta sulla strada sterrata del campo della forestale.

Onyx inviò un messaggio che mostrava la disposizione dei posti in cui sarebbe entrato ognuno di noi e la composizione di ogni squadra. Io avrei guidato quella più vicina al punto in cui il drone aveva rilevato segni di vita. Onyx, Diesel, Wasp e Buster sarebbero entrati con me.

Era una cosa che avevamo fatto innumerevoli volte in situazioni ben più pericolose di quella. In situazioni in cui eravamo in inferiorità numerica di dieci o più volte. In tutti gli anni in cui avevo fatto estrazioni, non avevo mai perso un solo bersaglio. E non lo avrei fatto nemmeno quel giorno.

"Quando saremo dentro, noi faremo fuori Edwards e chiunque altro sia con lui, mentre tu prenderai Maisie," disse Onyx.

Farlo fuori. Proprio così. Quel figlio di puttana avrebbe esalato l'ultimo respiro entro pochi minuti. E se ci fossero state altre vittime di cui non eravamo a conoscenza?

"Tenetelo in vita, se possibile," dissi attraverso il microfono. Avremmo spremuto fuori la verità da quel figlio di puttana finché non avessimo avuto le nostre risposte. Dopo di che... avremmo visto.

"Ricevuto," risposero Onyx e Diesel.

Entrammo nello stabilimento balneare, ma rimanendo lungo il perimetro interno dell'edificio. Il drone aveva rilevato qualcuno che respirava vicino al centro della struttura, a un livello inferiore. Non ricordavo di aver mai visto un ingresso che conducesse a un seminterrato, ma doveva esserci da qualche parte. Dopo cinque minuti, non l'avevamo ancora trovato.

"Agente Davies, contatta Al Jones e chiedigli come accedere al seminterrato dello stabilimento," dissi nel microfono. Sicuramente lui lo sapeva e ci avrebbe fatto risparmiare tempo.

"Ricevuto."

Restammo in attesa della sua risposta, rimanendo il più

nascosti possibile. Dopo quella che mi sembrò un'ora, ma che erano solo pochi minuti, sentii la sua voce.

"Non c'è nessun ingresso dallo stabilimento. C'è un tunnel a cui si accede dalla giostra. Ci passa sotto. Non c'è altro modo di entrare o uscire, se non attraverso quel punto di accesso. Ha detto che un tempo c'era un'entrata dall'edificio sovrastante, ma i vigili del fuoco gliel'hanno fatta coprire con del cartongesso."

"Ricevuto. Muoviamoci."

Uscimmo in fila e quando la mia squadra andò a sinistra, la seconda girò a destra. La terza squadra fece il giro del lungolago. La quarta e ultima squadra si era posizionata tra lo stabilimento, la lunghezza della giostra e il parcheggio. Sentii Onyx che diceva loro di non muoversi.

Una volta individuata la botola, entrai per primo. Riuscii a vedere dei segni di impronte recenti attraverso i visori notturni. Due serie.

Corsi attraverso le gallerie, contando i passi che avevo fatto da quando avevamo lasciato lo stabilimento. Stavo per girare un angolo quando sentii un rumore davanti a me. Sembrava che qualcuno stesse armando una pistola. Feci cenno ai ragazzi dietro di me di rallentare e di abbassarsi. Puntai la mia arma nella direzione in cui avevo sentito il rumore, sperando che i visori notturni mi dessero un vantaggio su chiunque stesse per spararmi. Infilai la testa dietro l'angolo e sparai nello stesso momento in cui lo fece lui.

Lui sbagliò. Io no. Non con il primo o il secondo colpo che sparai.

Diesel arrivò subito dietro di me e puntò la pistola sul tizio che entrambi credevamo morto. Lo superai di corsa e girai un altro angolo. Lì vidi una porta. Era la prima che avevamo trovato.

Mi misi in posizione sul lato sinistro della porta, Buster si mise a destra e Onyx la prese a calci. Li seguii all'interno, con Wasp immediatamente dietro di me.

Vidi la sagoma di un corpo, troppo grande per essere Maisie, che sembrava dormire su una branda. Onyx e Buster lo svegliarono conficcandogli la canna di una pistola nel fianco e un'altra contro la testa.

Oltre quell'uomo c'era una seconda porta. Mi precipitai in quella direzione, più terrorizzato da quello che avrei potuto trovare di quanto lo fossi mai stato durante qualsiasi altro recupero. Aprii la porta con un calcio e vidi il corpo di Maisie sul pavimento, avvolto in una coperta. Mi precipitai da lei e controllai il polso. Era calda e respirava, grazie a Dio, ma anche attraverso la luce limitata dei visori notturni riuscivo a vedere che era stata picchiata. Quando la presi in braccio, la coperta si aprì. Sotto era nuda.

"L'ho presa," dissi nel microfono. "Doc, qual è la tua posizione?"

"Nel tunnel, mi sto dirigendo verso di voi."

Doc aveva ricevuto quel nome in codice perché era un assistente medico, uno dei migliori con cui avessi mai lavorato. Prima della missione successiva, avremmo dovuto aggiungerne uno alla squadra delle Shadow Ops. Quel ruolo era di vitale importanza.

Ci incontrammo vicino all'uscita del tunnel. "Il respiro è irregolare, il polso debole e non si è svegliata."

"Ricevuto. Portiamola fuori di qui, così posso darle un'occhiata. Sta arrivando un'ambulanza."

Quando uscii dalla botola, vidi i paramedici che accostavano all'ingresso della giostra. Mi precipitai verso di loro nello stesso momento in cui calavano una barella e feci un passo indietro quando Doc ribadì quello che avevo detto sul polso e sulla respirazione di Maisie.

"Sali, Ranger," disse Doc.

"Signore, non permettiamo…"

"Lui sale dietro con me." Conoscevo Doc da molto tempo, ma quando usava quel tono di voce mi metteva estremamente in soggezione. Dall'espressione del paramedico, sembrava che Zeus gli avesse appena fatto piovere addosso la propria ira.

"Sì, signore."

Doc e io togliemmo a Maisie la benda sugli occhi e il bavaglio, poi le liberammo le braccia e le gambe. Quando il paramedico tirò fuori altre due coperte, ne misi una su di lei, tolsi quella nella quale era avvolta e la gettai a Diesel. "Mettila in un sacco."

"Ricevuto."

Misi addosso a Maisie la seconda coperta e le tenni la mano, mentre l'autista sfrecciava verso Johnstown e l'ospedale più vicino. Mancavano cinque minuti all'arrivo, quando lei aprì gli occhi e li fissò nei miei.

"Ehi, bellezza," dissi, portandomi la sua mano alla bocca per poterne baciare il dorso.

"Ranger?" La sua voce era roca.

"Sono qui, Maisie."

"Cos'è successo?"

"Ti eri persa, ma ti ho trovata."

"Lui... lui..." Chiuse gli occhi e io le accarezzai i capelli.

"È finita. Sei al sicuro," sussurrai.

Quando lei iniziò a tremare, mi misi in ginocchio e la abbracciai.

"Tu resta con Maisie. Io vado a parlare con il team del triage," disse Doc quando ci fermammo fuori dal pronto soccorso dell'ospedale.

Mi spostai di lato, mentre i paramedici sollevavano la barella dal retro dell'ambulanza e la trasportavano all'interno. Doc aveva chiesto a un'équipe medica di tenersi pronta e in attesa in un'area, per valutare le condizioni di Maisie.

Mi mise una mano sul braccio e mi fece cenno di seguirlo. Quando fummo a pochi metri da dove Maisie veniva esaminata, si girò a guardarmi. "Ho suggerito un esame tossicologico e un kit stupro."

Quelle parole furono come un pugno allo stomaco, ma sapevo

che tutto ciò era altrettanto necessario della valutazione del resto delle ferite che lei aveva riportato. "Edwards?" chiesi.

"In custodia."

"Di chi e dove?"

"Nostra, e queste informazioni sono riservate."

"Sono io che ho chiesto di tenerlo in vita. Non ho intenzione di ucciderlo... per ora."

"Capito. Fidati di me, se ti dico che la squadra delle Shadow Ops otterrà da lui ogni minima informazione necessaria."

Sapevo che lo avrebbero fatto, soprattutto con la partecipazione di Onyx e Diesel.

"E l'altro uomo?"

"Morto e ancora da identificare."

Mi voltai verso i medici e le infermiere che si stavano occupando di mia moglie.

"È in buone mani," disse Doc. "Ed è viva."

"Lo so. Ho solo bisogno di stare con lei."

Una donna con una cartellina si avvicinò. "Lei è il marito della signora Messick?"

"Sì."

"Ho solo bisogno che lei firmi un paio di questi moduli, per darci il permesso di visitarla e di eseguire gli esami necessari."

Scarabocchiai il mio nome dove mi aveva indicato.

"Maisie potrebbe avere problemi di memoria," disse Doc quando la donna si fu allontanata. "Sapremo cosa aspettarci quando arriverà il rapporto tossicologico iniziale. Faremo le cose con calma, senza forzarla a parlare di qualcosa di cui non è pronta a parlare."

"Qualcuno ha contattato Al e Mary?"

"Merrigan li sta portando qui adesso."

"Grazie, Doc, per tutto."

"È il nostro lavoro, Ranger, e non c'è di che."

21

RANGER

Appena io e Doc finimmo di parlare, mi precipitai di nuovo nel reparto in cui stavano visitando Maisie. Troppi estranei le avevano già messo le mani addosso, da Doc ai paramedici, per poi passare ai dottori e alle infermiere. Non volevo che affrontasse nessun altro senza di me al suo fianco.

Quando entrai, Maisie girò la testa in direzione del medico che stava inserendo degli appunti in un computer. Mi sembrava strano. Mi aspettavo che mi tendesse la mano, che almeno mi guardasse, ma non lo fece. Avvicinai una sedia alla barella e cercai di prenderle la mano, ma lei la spostò fuori dalla mia portata.

Piuttosto che fare una cosa che poteva metterla ancora più a disagio, mi appoggiai all'indietro sulla sedia e aspettai che il medico finisse con gli appunti.

Chiuse il portatile e si chinò sulla sponda del letto. "Le faremo una flebo per reintegrare i liquidi. Tornerò tra un'ora per vedere come sta," si limitò a dire.

Maisie annuì e l'uomo se ne andò. Invece di corrergli dietro per farmi aggiornare sulle condizioni di Maisie, mi spostai dall'altra parte del letto in modo da poterla vedere in faccia. "Ehi, ciao," dissi, scostandole i capelli dalla fronte. Lei trasalì.

Rimasi fermo accanto al letto, osservandola quando chiuse gli occhi. Aveva bisogno di riposo: chissà che tipo di droghe aveva in corpo.

Mi sedetti su una sedia, controllando i messaggi e le e-mail finché non mi appisolai come aveva fatto lei. Mi svegliai quando sentii la mano di qualcuno sulla spalla. Girai la testa e alzai lo sguardo verso Doc, che mi fece cenno di seguirlo.

Stavo per dire che non volevo lasciare Maisie da sola quando arrivò Swan, che aspettò che liberassi la sedia in modo da potersi sedere lei. Arrivò anche un'infermiera per mettere la flebo.

Doc mi condusse in una stanza con un divano, due sedie e un tavolino. Chiuse la porta dietro di noi. "Siediti."

Lo feci e mi chinai in avanti, con i gomiti sulle ginocchia.

"Troverai molto difficile ascoltare quello che devo dirti, Ranger. Anche se dubito che sarà una sorpresa."

Mi portai le mani al viso. "Vai avanti."

"Maisie è stata ripetutamente violentata sia vaginalmente che analmente. Ha subito diverse lacerazioni, che hanno provocato un'emorragia, e ci sono stati dei piccoli strappi nella zona perineale. A giudicare dai lividi, sembra che sia stata colpita più volte e che abbia subito abrasioni sulla maggior parte del corpo."

Sapevo che Doc stava facendo tutto il possibile per essere diretto e attenersi alle informazioni, ma l'unica cosa che riuscii a fare fu evitare di correre fuori dalla stanza e vomitare.

"Siamo riusciti a raccogliere dei campioni di sperma. Come minimo, serviranno come prova. È difficile dire quanto riuscirà a ricordare Maisie. Ne sapremo di più quando avremo i risultati dell'esame tossicologico."

"Ovunque si trovi quel figlio di puttana, assicurati che io non riesca a trovarlo."

"Capito."

"C'è dell'altro che non mi stai dicendo?"

"Anche in questo caso, finché non arriveranno i risultati degli esami tossicologici, non *posso* dire molto di più."

"Si è isolata." Quando Doc non rispose, lo guardai. "Da me."

Doc si chinò in avanti. "C'era da aspettarselo."

"Non so cosa fare."

"Ci sono dei testi disponibili per i partner di chi è sopravvissuto a una violenza sessuale. Ci sono anche psicologi a disposizione nell'ospedale, per aiutarvi a superare questo momento."

Sapevo che la prima moglie di Doc, che non era Merrigan, era stata vittima di una violenza sessuale. Era successo più di vent'anni prima. "Tu come l'hai gestita?"

Doc si strofinò la nuca. "Non bene come avrei dovuto."

Avrei preferito parlarne con lui, un uomo che era come un fratello maggiore per me, un mentore, piuttosto che con un estraneo il cui approccio sarebbe stato clinico. "Cosa puoi raccontarmi?"

"La maggior parte di queste cose è contenuta nella documentazione fornita dall'ospedale, ma se può essere d'aiuto, la ripasserò insieme a te."

"Sarebbe di grande aiuto."

"Prima di tutto, non cercare di spingere Maisie a parlare. Lascia che sia lei a dettare il ritmo."

"Ha senso."

"Poi, non rimproverare te stesso. Per te questa potrebbe essere la parte più difficile. *Se non avessi lasciato Maisie da sola per partecipare alla nostra riunione, non sarebbe successo niente di tutto ciò.*"

Non risposi, ma era l'assoluta verità.

"Sappi anche che Maisie incolperà se stessa, ma non è una cosa di cui potrai parlare con lei, finché non sarà lei a farlo. Il fatto che *tu sappia* che lo sta facendo non ti lascia campo libero per cercare di farla parlare."

"Sarà dura."

"Eccome se lo sarà. Lo sarà tutta questa faccenda, Ranger. Per questo devi assicurarti di avere qualche forma di supporto. Non solo per Maisie, ma anche per te."

"Non voglio che lei si allontani da me."

"Certo che no. Vuoi essere al suo fianco, credendo di aiutarla. Cerca di ricordare che potrebbe non essere così."

Mi alzai e mi misi a camminare avanti e indietro per la stanza.

"Parla con la psicologa, Ranger. Oggi stesso. Non aspettare. Non continuare a ripeterti che prima devi occuparti di Maisie. Finché non otterrai il sostegno di cui hai bisogno, potresti non essere affatto in grado di aiutarla. Ricorda che lei deve avere il controllo della propria vita."

Questo lo capivo. Maxim Edwards le aveva tolto il potere, oltre che il controllo. Maisie era una delle donne più intelligenti e capaci che conoscessi. Pregavo che lei se ne ricordasse, che trovasse la strada per tornare ad esserlo, senza pressioni da parte mia.

"Ho detto che non dare la colpa a te stesso potrebbe essere la parte più difficile per te. Ho parlato troppo presto. L'intimità potrebbe essere la parte più difficile da affrontare. Maisie potrebbe provare sentimenti molto diversi nei confronti del sesso e potrebbe volerci molto tempo prima che si senta in grado di interagire con te sessualmente."

Ripensai a tutte le volte che io e lei avevamo parlato di quanto mi sentissi geloso, quando pensavo che lei era stata con altri uomini. Avrei voluto rimangiarmi tutto. Ogni parola. Chi poteva sapere che tipo di danno irreparabile potevo aver causato accidentalmente, comportandomi da stronzo immaturo.

"Ma ricorda anche che quello che Edwards le ha fatto non è stato un atto sessuale. È stato un atto di violenza."

"Capisco."

"Infine, l'unica cosa che puoi davvero fare è essere paziente e disponibile alla comunicazione. Crea un posto sicuro in cui lei possa parlare o non parlare, affrontare o non affrontare la situazione, persino far finta che non sia mai successo. Qualsiasi cosa lei abbia bisogno di fare per superare questa situazione, fai in modo che vada bene. Non so dirti quanto vorrei averlo fatto per la mia ex moglie."

"Grazie, Doc."

"Sono disponibile in qualsiasi momento, giorno e notte, per qualsiasi cosa di cui tu abbia bisogno, Ranger. Sono il *tuo* posto sicuro. Spero che tu lo sappia."

"Certo."

"Aiutami ad aiutarti parlando con questa psicologa."

"Lo farò."

"Oggi."

"Ricevuto."

QUANDO TORNAI NELL'AREA DEL PRONTO SOCCORSO, AL E MARY erano con Maisie, così mi avvicinai al bancone e chiesi come dovevo fare per contattare la psicologa.

"Vuole che le fissi un appuntamento?" mi chiese l'infermiera dietro il bancone.

"Certo. Cioè, credo di sì."

La donna digitò qualcosa sul computer, poi fissò lo schermo. "Ha un posto libero alle due, alle tre e alle quattro."

"Oggi?"

L'infermiera alzò lo sguardo su di me. "Sì, oggi. È sempre meglio che la signora Fasano incontri i familiari il prima possibile dopo l'aggressione."

"E la vittima?"

"Credo che abbia già parlato con sua moglie, signore."

"Quando?"

"Non lo so, ma voleva che organizzassi qualcosa per questo pomeriggio?"

"Alle due." Prima era, meglio era. Forse così avrei potuto ottenere qualche risposta sul perché quella donna si era assunta la responsabilità di incontrare Maisie senza che io lo sapessi.

L'infermiera mi consegnò un biglietto da visita. "Nel caso dei pazienti, di solito viene lei in camera. Con i familiari è meglio incontrarsi nel suo ufficio. È al terzo piano."

"Sa se mia moglie tornerà a casa questo pomeriggio o se prevedono di ricoverarla?"

"Non so rispondere, ma troverò qualcuno che possa farlo."

✿ 22 ✿

MAISIE

La testa mi pulsava. Era l'unica cosa che mi faceva capire che ero davvero all'interno del mio corpo. Mi faceva male. Per il resto, mi sentivo come uno spettatore, che guardava me stessa da un altro posto. Non lì. Nemmeno in quella stanza. Osservavo da lontano. Chiedendomi come cazzo ero arrivata lì.

Quando ero stata salvata dal mio incubo peggiore, non ero cosciente. Il pezzo di merda che mi aveva messa in quelle condizioni era morto? Dio, lo speravo. Oppure speravo che fosse vivo e che stesse vivendo una propria versione del tormento che mi aveva imposto? No, lo volevo morto. Così sarebbe finito nelle viscere dell'inferno, torturato all'infinito, e avrebbe sofferto un dolore orribile per tutta l'eternità. Era quello che speravo di più.

Le mani di mia nonna tremavano quando cercò di farmi bere dell'acqua. Riuscii a malapena a mettere le labbra intorno alla cannuccia, tanto si muoveva. "Mi dispiace," la sentii sussurrare.

No! Volevo urlare. *Non osare essere dispiaciuta!* Non dispiacerti per le tue mani tremanti. Non dispiacerti per il mio rapimento. Non dispiacerti perché l'uomo che un tempo pensavo di adorare ha violato il mio corpo in modi inimmaginabili. Non *dispiacerti* per niente di tutto questo. E non dispiacerti per me, cazzo. Non volevo pietà. Soprattutto da lei. Soprattutto da Ranger.

Se Maxim mi avesse dato anche solo una minima opportunità, gli avrei tagliato il cazzo e l'avrei soffocato con quello.

Invece, aveva usato delle droghe per rendermi incapace di reagire. Sapevo che mi aveva violentata, ma non perché me lo ricordassi. Era troppo codardo per farlo mentre ero lucida. Forse aveva paura di quello che avrebbe potuto vedere nei miei occhi, se lo avesse fatto. Invece, lo sapevo grazie all'esame che avevo dovuto subire quando ero arrivata in ospedale. Grazie a Dio, allora ero ancora mezza svenuta.

Prima non ero riuscita a guardare Ranger. Non ero sicura di riuscire a farlo. Non riuscivo nemmeno a guardare nonno Al. Sapevo che avrebbe incolpato se stesso. Il dolore per non avermi protetta lo avrebbe divorato. Avrebbe pianto e io non avrei potuto sopportarlo.

Mia nonna tremava, ma era colpa dei nervi. Aveva bisogno di un bicchiere di sherry per calmarsi. Dopo due bicchieri, sarebbe stata piena di rabbia come me. Sarebbe riuscita a incanalare tutta la sua preoccupazione in qualcosa che assomigliasse di più alla vendetta.

Ma anche questo non andava bene. Come si diceva? Vendicarsi è come assumere del veleno e aspettare che l'altra persona muoia. No, non la vendetta.

"Maisie?"

Non riuscivo a guardarla in faccia.

Chiusi gli occhi quando lei mi mise la mano sulla guancia. "Sì, nonna?"

"Ti voglio tanto bene."

Non erano le parole che mi aspettavo, il che significava che non ero pronta a sentirle. Invece di riuscire a tenermi vicina la rabbia, come uno scudo, l'amore che mia nonna provava per me la mandò in frantumi. Sentii un singhiozzo crescermi nel petto e lottare per uscire dal mio corpo. Per quanto mi sforzassi, non riuscivo a ricacciarlo giù. Mi uscì fuori come una ventata, un ululato più che un lamento, eppure quasi silenzioso. Il mio corpo si chiuse su se stesso mentre il dolore si riversava su di me. Mi avvolsi le braccia intorno allo stomaco e mi strinsi il più possibile.

Nonna Mary cercò di abbracciarmi, di circondarmi con le braccia, ma non erano abbastanza lunghe.

Mio nonno passò dall'altra parte e insieme formarono un bozzolo di isolamento protettivo. Ma il dolore veniva dall'interno. Non lo stavano tenendo lontano, lo stavano trattenendo.

"No," implorai, cercando di divincolarmi dal loro abbraccio.

"Maisie?"

Aprii gli occhi e vidi Ranger in piedi davanti a me. Non riuscivo a capire la sua espressione, ma sapevo che non era di pietà. Mia nonna si scostò quando lui fece un passo verso la barella.

"Lasciateci soli," lo sentii implorare mentre mi prendeva tra le braccia. Ci sdraiammo in quel piccolo spazio, la mia schiena rivolta verso il suo petto, in modo che il dolore avesse modo di uscire. Fuori da me, ma non dentro di lui.

Riuscivo ad avvertire il suo potere, la sua forza. Non si sentiva debole perché non era riuscito a tenermi al sicuro. Non avevo la sensazione che si stesse punendo. Avevo la sensazione che mi stesse proteggendo.

❧ 23 ❧

RANGER

Lo capii nell'istante stesso in cui Maisie mi fece entrare. Lo percepii dal modo in cui il suo corpo si fuse con il mio. Una parte di me temeva che non sarebbe successo, ma non appena mi accorsi della sua sofferenza, capii di essere l'unica persona che potesse mostrarsi forte nel modo in cui lei ne aveva bisogno.

Nessun dubbio. Nessuna domanda. Nessun giudizio. Nessuna pressione. Solo forza. Ovunque e comunque ne avesse bisogno. Maisie era mia e io ero suo. Niente avrebbe mai potuto cambiare questa cosa. Niente.

Le scostai indietro i capelli, sudati dopo che aveva espulso il dolore dal corpo. Non era tutto passato. Non lo sarebbe mai stato. I ricordi di quelle ultime ore sarebbero rimasti impressi dentro di lei fino al giorno della sua morte. La sua vita era cambiata. Da quel giorno in poi sarebbe stata divisa in due metà. Sarebbe spettato a lei, e a me, definire quelle due metà. Prima del rapimento e dopo? O prima che ci innamorassimo e dopo che avevamo affidato le nostre vite l'uno all'altra? Più che le vite, la mia anima apparteneva a Maisie e la sua a me. Nulla avrebbe mai potuto cambiare questo fatto. Non l'avrei permesso.

Nel corso della mia carriera avevo assistito a sofferenze inconcepibili. Avevo visto uomini morire in modi inimmaginabili e orribili. Li avevo anche visti vivere per superare ciò che non li aveva uccisi.

Maisie era viva. Era l'unica cosa che contava. Avrebbe superato ciò che non l'aveva uccisa e io sarei stato al suo fianco durante ogni suo passo. Se fosse caduta, l'avrei tirata su. Se avesse rinunciato, l'avrei aiutata a ricominciare il giorno successivo.

Le baciai la tempia e le dissi le uniche parole che contavano: "Ti amo, Maisie Ann Messick."

Mi rispose con voce così bassa che dovetti trattenere il respiro per sentirla. "Anch'io ti amo."

Non mi illudevo che i giorni, le settimane, i mesi e persino gli anni che ci aspettavano fossero facili. Avremmo comunque affrontato ogni alba con la speranza che ogni nuovo giorno portava con sé.

Maisie si girò tra le mie braccia e mi seppellì il viso nel petto. Le sue unghie mi scavavano nella pelle attraverso il tessuto della camicia. Le avvolsi un braccio intorno alla vita e avvicinai il suo corpo al mio. "Ti amo," ripetei.

Questa volta non rispose, ma non avevo bisogno di sentire le parole. Sapevo che anche lei mi amava.

Aprii gli occhi quando sentii un uomo schiarirsi la gola.

"Ricovereremo sua moglie per una notte," disse il medico che avevo riconosciuto. "Almeno fino a quando non avremo il rapporto tossicologico e sapremo cosa c'è nel suo organismo."

"Capito." Mi aspettavo che facesse un commento perché ero sdraiato sulla barella con lei, ma non lo fece.

"Qualcuno arriverà a breve per portarla in una stanza."

"Grazie."

Guardai l'orologio, grato che mancassero ancora quattro ore al mio incontro con la psicologa.

Il mio cellulare vibrò, ma non lo tirai fuori dalla tasca. Invece, misi dentro la mano e azionai l'interruttore che avrebbe impedito di farlo di nuovo. Non c'era niente di più importante che stare con Maisie. Qualsiasi altra cosa stesse accadendo nel mondo, poteva essere gestita da qualcun altro.

"RANGER?" UNA VOCE DOLCE E SOAVE MI SVEGLIÒ. APRII GLI occhi e li fissai in quelli di Maisie.

"Ciao, bellezza."

"Ho bisogno di andare in bagno."

"Certo." Staccai il corpo dal suo e scesi dalla barella per aiutarla ad alzarsi. Barcollò, probabilmente a causa degli effetti delle droghe che Edwards le aveva iniettato nel corpo.

Mentre aspettavo che uscisse, pensai alle persone che ero stato costretto a uccidere nel periodo in cui avevo lavorato nella CIA e in seguito. La maggior parte di loro non aveva né nome né volto. Erano degli ostacoli tra me e la persona che dovevo portare via. Se non li avessi uccisi per primi, mi avrebbero tolto la vita insieme a tutti i miei compagni di squadra.

Avevo chiesto che Edwards fosse tenuto in vita perché avevamo bisogno di estorcergli informazioni. Altrimenti, sarei stato felice di vederlo con una pallottola in mezzo agli occhi. Ma in quel caso non si trattava di uccidere o essere uccisi.

Maisie uscì dal bagno e io la aiutai a risalire sulla barella. Si era appena sdraiata quando arrivò qualcuno con una sedia a rotelle, per portarla in una camera. Feci un passo indietro per permettere all'uomo di aiutarla a salire sulla sedia e sistemare l'asta della flebo.

"Ranger?"

"Eccomi."

"Vieni con me?"

Le girai intorno, in modo da fermarmi accanto a lei. "Sempre."

Le tenni la mano mentre salivamo con l'ascensore e non feci mai un passo indietro quando arrivammo in camera. Fui io ad aiutarla a mettersi a letto. Una volta che si fu sistemata, mi infilai accanto a lei e le cinsi la vita con un braccio. Si girò in modo da darmi le spalle, ma non mi dispiacque.

"Avevo paura," sussurrò.

Volevo che dicesse di più, ma non insistetti. "Anch'io."

"Sapevo che mi avresti trovata."

Le diedi una leggera stretta, incapace di ammettere che avevo avuto il terrore di non riuscire a farlo.

"Cosa gli è successo?"

"Posso dirti che è stato arrestato. A parte questo, tu sei stata la mia priorità."

"È vivo?"

Avrei voluto guardarla in faccia mentre le rispondevo, ma non volevo insistere nemmeno su quello. "Sì. Non sappiamo se ha a che fare con altri tre rapimenti segnalati nella zona."

"Anche queste accuse contro di lui saranno ritirate, come le altre?"

"Ti prometto che Edwards non sarà mai più a piede libero." Quella domanda mi ricordò che non sapevo ancora perché l'incriminazione per frode finanziaria non fosse mai avvenuta. Né sapevamo se l'uomo trovato morto nel suo appartamento si fosse suicidato o se Maxim avrebbe dovuto affrontare anche un'accusa di omicidio.

"Me lo giuri?"

"Sulla mia stessa vita."

Pochi minuti dopo, stava dormendo. Muovendomi il meno possibile, tirai fuori dalla tasca il cellulare. Quando vidi le chiamate perse sia di Diesel che di Doc, mi staccai da Maisie e uscii nel corridoio. Chiamai prima Diesel.

"Ciao, come sta Maisie?"

"Non so bene come rispondere. Meglio di qualche ora fa. È per questo che hai chiamato?"

"No. Vuoi un aggiornamento su Edwards?"

Flettei entrambe le mani e camminai avanti e indietro nel corridoio, prima di rispondere. "Non credo."

"Ricevuto."

"Ho detto a Doc che non voglio sapere dove si trova."

"Sì, mi ha mandato un promemoria."

"Ho giurato sulla mia vita a Maisie che lui non sarebbe mai più stato a piede libero."

"Le accuse contro di lui contribuiranno a garantirlo, se vivrà abbastanza a lungo da affrontarle."

"Diesel, ho riflettuto molto su come mi sento a questo proposito."

"Capisco."

"Davvero?" Non rispose, ma non ne aveva bisogno. Diesel mi conosceva meglio di chiunque altro. Se diceva di aver capito, era vero.

MAISIE STAVA ANCORA DORMENDO QUANDO TORNAI NELLA SUA stanza, così inviai un messaggio a Doc, chiedendogli di Al e Mary. Mi rispose che lui e Merrigan li avevano riaccompagnati al loro campo e che, pur essendo molto preoccupati per Maisie, erano felici che l'avessimo trovata e che fosse viva.

Mi sedetti sulla poltrona reclinabile nella stanza e probabilmente mi addormentai, ma mi svegliai quando sentii Maisie piagnucolare. Mi spostai sul bordo del letto. "Svegliati, bellezza. Stai avendo un incubo," la tranquillizzai, massaggiandole il braccio.

Lei sussultò e mi guardò negli occhi.

"È stato un incubo. Sei al sicuro."

Maisie annuì e, quando mi distesi accanto a lei, si riposò tra le mie braccia con la testa sul mio petto. Quella sarebbe stata la nostra nuova normalità. Per chissà quanto tempo.

SU RICHIESTA DI MAISIE, CHIAMAI DI NUOVO DOC E GLI CHIESI se lui e Merrigan potevano riaccompagnare lì Al e Mary. Chiesi anche che le portassero un cambio di vestiti e qualche articolo da toilette, visto che avrebbe passato la notte in ospedale.

Arrivarono circa un'ora prima dell'incontro con la terapeuta. In caso contrario, avrei riprogrammato l'incontro. Per il momento, non me la sentivo di lasciare Maisie da sola.

"Alle due vado a parlare con la psicologa," le dissi.

"L'ho vista prima. Mi ha detto che sperava di incontrarti per parlare di alcune questioni."

"C'è una cosa che devo dirti. La squadra K19 sa che siamo sposati. E lo sa anche l'ospedale. Mi dispiace, Maisie. So che volevi dirlo prima ai tuoi nonni."

"Lo so. Qualcuno è entrato e ha chiesto di mio marito mentre eravamo al pronto soccorso, così gliel'ho detto."

Sospirai, non sapendo cosa dire. Avrei voluto che non fosse andata in quel modo, ma per ben altri motivi che informare i suoi nonni della nostra fuga d'amore.

"Non ho detto dove, però. Forse potremmo farlo insieme."

Il mio sospiro di tristezza si trasformò in un sospiro di sollievo. Tirai fuori il telefono e le mostrai la foto che avevo trasformato nel mio sfondo. Era una di quelle che Mabel ci aveva scattato subito dopo la cerimonia. Gli occhi di Maisie si riempirono di lacrime, ma lei mi afferrò la mano quando abbassai il telefono.

"Fammi vedere di nuovo." Passò il dito sull'immagine di noi due insieme. "Si può stampare?"

Le risposi di sì.

"Voglio poterla guardare."

Mentre andavo nello studio della signorina Fasano, inviai la foto a Diesel e gli chiesi di non limitarsi a farla stampare, ma di far comprare una cornice e portarla in ospedale.

Io e la psicologa non parlammo di nulla di cui non avessi già parlato con Doc. Lei fece un riassunto delle cose descritte nella letteratura di supporto per i sopravvissuti, come aveva fatto lui, ribadendo che Maisie aveva bisogno di elaborare quello che le era successo, secondo i suoi tempi e a modo suo.

"A quanto ho capito, non siete sposati da molto tempo."

Scrollai una spalla. "Non importa quando inizia, se sai che amerai qualcuno per il resto dei tuoi giorni."

"È una nozione molto romantica."

"Se la sua definizione di 'nozione' è che siamo stati impulsivi, vorrei suggerirle di ricordare che sa molto poco di me e Maisie. Anzi, non sa proprio nulla di noi."

"Mi permetto di dissentire."

"Sa di una cosa che è successa a Maisie. Una cosa vile e orribile che non la definirà mai."

"Lei è ingenuo, se parliamo dell'impatto dello stupro."

"Signorina, se sapesse qualcosa di me, ingenuo sarebbe l'ultima parola che userebbe." Mi chinai in avanti e appoggiai i gomiti sulle ginocchia. "Prima ho pensato a come io e Maisie avremmo considerato questo periodo della nostra vita. Come lo avremmo definito. Abbiamo delle scelte. Una è quella di considerarlo come il periodo prima e dopo il rapimento. Un'altra come il periodo prima che ci innamorassimo e dopo che ci siamo impegnati a vivere l'uno per l'altra." Fissai gli occhi in quelli della donna. "Maisie significa tutto per me e la mia missione sarà quella di passare ogni giorno a celebrare l'impegno che abbiamo preso e l'amore che condividiamo."

Il sorriso condiscendente e il modo in cui la psicologa inclinò la testa, come se fosse dispiaciuta per la mia ingenuità, mi fecero sentire dispiaciuto per lei. "Forse un giorno lei sarà abbastanza fortunata da sapere di cosa sto parlando."

❧ 24 ❧

RANGER

"Stai bene?" mi chiese Diesel quando uscii dall'ascensore.

Scossi la testa. "Sì."

Lui mi massaggiò la spalla.

"Cosa ci fai qui?"

Mi porse un sacchetto con della carta velina che spuntava dalla parte superiore. "Immagino che questo sia per Maisie."

Scostai il foglio per poter vedere la fotografia incorniciata. "Grazie, amico. Spero che tu non abbia pensato che ti stessi chiedendo di farlo e di certo non nel giro di un'ora."

"Ho pensato che, se volevi che lei avesse questa foto, prima era meglio era. A proposito, è una foto bellissima. Si percepisce l'amore già solo guardandola."

"Vero? Forse, se la donna con cui ho appena finito di parlare l'avesse vista, avrebbe avuto un'idea di come stanno veramente le cose tra me e Maisie."

"Visto cosa?" chiese la signorina Fasano, uscendo dall'altro ascensore.

"Niente," mormorai. "Aveva bisogno di qualcos'altro?"

"Ho dei pazienti, signor Messick. Sua moglie è una di loro."

"Adesso c'è la sua famiglia con lei. Forse è meglio che lei ritorni più tardi."

Passò davanti a me e Diesel ed entrò direttamente nella stanza di Maisie.

"Puttana," dissi sottovoce.

"Potrà anche esserlo, ma accidenti, è proprio bella."

"Non l'avevo notato."

"Ascolta, ci sono alcune cose su cui devo aggiornarti. Dato che ci sono Al e Mary con Maisie, e ora anche la dottoressa, ho pensato che potresti allontanarti per qualche minuto."

Anche se non volevo stare lontano da mia moglie più del necessario, Diesel non me lo avrebbe chiesto se non fosse stato importante.

"Vado solo a controllare e poi, sì, possiamo parlare." Gli restituii il sacchetto con la foto. Quando l'avessi data a Maisie, volevo potermi sedere e parlare di ciò che quella notte aveva significato per me e, speravo, per lei.

Quando infilai la testa oltre la soglia, Mary era seduta accanto a Maisie sul letto e le accarezzava i capelli. Il mio cuore scoppiò quasi di gioia, quando vidi che lei sorrideva per qualcosa che aveva detto Al. Anche la psicologa stava sorridendo.

"Scusate l'interruzione. Devo occuparmi di una cosa molto veloce, ma tornerò tra qualche minuto."

Maisie mi tese la mano, io mi avvicinai al letto, mi chinai e la baciai.

"Aspetterò che torni per dirglielo," sussurrò.

"Faccio presto."

Quando tornai fuori, Diesel era in piedi vicino all'ascensore. "Meglio andare di sotto."

Invece di fermarsi al piano dell'atrio, Diesel premette il pulsante per il parcheggio sotterraneo. Quando uscimmo, vidi un SUV nero parcheggiato a pochi metri di distanza e salii sul lato passeggero.

"Cos'hai?" chiesi quando lui si sedette sul lato del conducente.

"Innanzitutto, il futuro ex procuratore distrettuale di Manhattan è stato arrestato questo pomeriggio con l'accusa di abuso d'ufficio, corruzione pubblica, ostruzione della giustizia e violazione del giuramento d'ufficio in relazione all'accusa di frode finanziaria di Edwards."

"Niente grane? L'ha coperto?"

"Ha cercato di farlo, comunque. Lui e Edwards si conoscono da tempo. Amici d'infanzia, credo." Si strinse nelle spalle. "Il punto successivo è l'identità del tizio che hai fatto fuori nel tunnel. Si chiama Tony Paularino. Aveva *forti* legami con la famiglia Bonanno, se capisci cosa intendo."

I Bonanno erano una delle cosiddette Cinque Famiglie, le principali del crimine organizzato della mafia italo-americana. Operavano principalmente a Brooklyn, Queens, Staten Island e Long Island, ma avevano influenza anche a Manhattan, nel Bronx e a Westchester County.

"Perché Edwards lavorava con un uomo collegato a una delle cinque famiglie? Per non parlare di corrompere il procuratore distrettuale di Manhattan?"

"Quello stronzo è uno psicotico."

"Non suggerirlo nemmeno. Non voglio che se la cavi con un'accusa di infermità mentale."

"Prima che mi dimentichi, c'era anche un'indagine dell'FBI in corso sul legame di March con i Bonanno."

"Chi è March?"

"Il procuratore di Manhattan."

"È stata l'agente Davies a dirti tutto questo?"

"Quando ha fatto il collegamento tra March ed Edwards è stato come se avesse vinto una dannata lotteria. Erano mesi che i federali cercavano di dimostrare che i Bonanno avevano March in pugno."

"E le altre vittime?"

Diesel scosse la testa. "Non credo che sia stato Edwards,

Range. E non lo crede nemmeno l'agente Davies. È più probabile che si sia trattato di emulazione."

"Anche per quanto riguarda il legame con Hanover?"

"Potrebbe essere una coincidenza. Un'alta percentuale di diplomati delle scuole superiori della zona degli Adirondack finisce lì o a Burlington, all'Università del Vermont."

Lo osservai. "Sei sicuro?"

Diesel scosse la testa. "No. Quello che ho detto è che non *credo* che sia stato lui."

"Come ha fatto Edwards a immischiarsi con personaggi del calibro di Paularino? È stato per il legame di March con i Bonanno?"

"È qui che la cosa si fa interessante. Mi hai detto che Maisie aveva una relazione con Edwards quando erano al college, ma che l'ha interrotta quando ha scoperto che lui si vedeva con un'altra. Beh, a quanto pare non era un'altra donna qualsiasi. Era la cugina di Tony Paularino."

"Fammi indovinare. Anche lei è legata ai Bonanno?"

"La sorella della madre di Tony ha sposato Tito Bonanno."

"*Gesù*. Tito è un braccio destro del padrino."

"Ora sai cosa intendevo per legami forti."

"Chi c'è con Edwards adesso?"

"Ci siamo portati dietro un paio di ragazzi."

Chinai la testa e la scossi. Non volevo conoscere i dettagli dell'*interrogatorio*. Quello che volevo era collegare Edwards agli altri omicidi e porre fine agli assassinii seriali degli Adirondack.

"Cosa ti fa pensare che lui non sia responsabile delle altre vittime?"

"L'ipotesi su cui stiamo lavorando è che abbia saputo degli altri rapimenti, probabilmente da March, e da lì gli sia venuta l'idea."

"L'idea? Intendi di rapire Maisie? Perché?"

Diesel guardò fuori dal finestrino del lato guida e poi di nuovo verso di me. "Abbiamo ragione di credere che volesse usare i soldi del riscatto per sparire."

"E portarla con sé?"

"Ci sono indizi che lo suggeriscono fortemente."

Cazzo. Non potevo nemmeno permettermi di pensare a quello scenario.

"Cosa ne pensa Onyx?"

Diesel guardò per la seconda volta fuori dal finestrino del lato guida.

"Cosa?"

"È uno dei ragazzi che abbiamo portato qui."

Onyx Yáñez aveva molte doti che lo avevano reso molto prezioso per la CIA all'epoca e ancora di più per il K19 in quel momento.

Quando avevo detto a Maisie che l'avrei seguito in qualsiasi battaglia, ovunque e in qualsiasi momento, dicevo sul serio. Fino all'incidente aereo che aveva quasi messo fine alla sua vita, era stato un pilota... un tempo uno dei piloti da caccia più ammirati dell'esercito. Era anche un esperto di esplosivi e, cosa più importante per quell'indagine, era bravissimo negli interrogatori. Se c'era qualcuno che poteva far parlare Edwards, era lui.

"Devo tornare di sopra."

Diesel annuì.

Afferrai il sacchetto con la foto, aprii la porta, ma non uscii. "Qual è l'indizio?"

"Cosa intendi?"

"Del fatto che intendeva portarla con sé?"

"Ranger..."

"*Dimmelo.*"

"Passaporti falsi, altri documenti d'identità."

"Per?"

"Un marito e una moglie."

✤ 25 ✤

MAISIE

Ranger faceva di tutto per nasconderlo, ma nell'istante stesso in cui è tornato nella stanza ho capito che c'era qualcosa che non andava. Peggio di quando se n'era andato.

Si avvicinò subito al letto e si chinò a baciarmi, proprio come aveva fatto prima.

"Ciao," dissi quando si tirò indietro e mi guardò negli occhi.

"Ti amo."

Gli misi la mano sulla guancia. "Anch'io ti amo."

"Ho qualcosa per te."

"Cosa?"

Tirò fuori un sacchetto da dietro la schiena e me lo porse. Quando mia nonna si alzò dall'altro lato del letto e si sedette su una sedia, Ranger si sedette sul lato opposto.

Misi la mano nel sacchetto e tirai fuori una cornice. C'era la foto che mi aveva mostrato sul telefono.

"Dove? Come?"

"Diesel."

"È ancora qui? Posso ringraziarlo?"

Ranger scosse la testa. "Doveva tornare a casa."

La tensione che avevo notato quando era entrato, quella che aveva nascosto quando mi aveva baciata, era di nuovo evidente.

"Dovremmo dirglielo adesso?" mi chiese.

Mi ci volle un secondo per capire cosa intendesse. "Oh. Giusto." Girai la foto in modo che fosse rivolta verso i miei nonni. "È stata scattata la sera in cui ci siamo sposati."

Nonna Mary sussultò e si avvicinò alla cornice. "Sei così bella, Maisie." La porse a mio nonno. "Non è vero, Al?"

Gli occhi del nonno erano pieni di lacrime. "Assomiglia così tanto a te quando siamo fuggiti. Anche il vestito è simile."

Lei sussultò una seconda volta. "È vero."

"Io e Ranger ci siamo sposati al Love Lodge sul Long Lake."

Alzarono entrambi la testa di scatto. "Davvero?" chiese nonno Al.

"Sì," rispose Ranger.

"Vi ricordate di una persona di nome Mabel, quando vi siete sposati lì?"

Mia nonna sembrava confusa.

"Vi siete sposati lì, vero?"

"Sì."

"A quei tempi, i genitori di Mabel erano i proprietari del lodge. Ha detto che si ricorda di voi."

"Non ricordo."

"Va bene, nonna. La cosa importante è che anche io e Ranger ci siamo sposati lì, ma fino a quando Mabel non me l'ha detto, non avevo capito che era il posto della vostra fuga d'amore."

"Ti ricordi," disse mio nonno. "Quando siamo tornati per il nostro ventesimo anniversario, lei e suo marito gestivano il locale. Non erano sposati da così tanto tempo. Non ricordo il nome di quell'uomo, però."

"Charlie MacIntosh."

"Dipper?" chiese Ranger.

"Esatto. Mabel ha detto che il suo vero nome è Charlie."

"Beh, santo cielo. È proprio una bella storia, Maisie Ann. Che meravigliosa coincidenza! E dici che non avevi capito che era lì che ci siamo sposati?”

“No, nonna, ma quando siamo arrivati lì, mi sembrava molto familiare.”

Guardò ancora una volta la foto prima di restituirmela. Vidi che i suoi occhi erano pieni di lacrime.

“Dovremmo andarci tutti insieme,” dissi, guardando Ranger.

“Sicuramente.” Passò il dito sulla foto. “Nel modo più assoluto.”

Appoggiai la testa sulla sua spalla e chiusi gli occhi.

“Al, ora dovremmo tornare al campo.”

Anche se non avevo fretta che se ne andassero, non mi misi a discutere quando si alzarono per farlo.

“Ci vediamo domani, tesoro,” disse la nonna, picchiettandomi la mano.

“Buonanotte, Maisie Ann,” disse mio nonno mentre si avviavano verso la porta. “Ti vogliamo tanto bene. Anche a te, Ranger.”

“È stato molto dolce,” disse lui, dopo che se ne furono andati.

“Grazie per la foto.”

“Non c'è di che.”

La posai sul tavolo accanto al letto e girai il corpo in modo da poter appoggiare la testa sul petto di mio marito. “Cos'è successo mentre eri via?” Lo sentii teso, ma solo per un secondo.

“Niente di importante.”

Alzai lo sguardo su di lui. “Capisco che tu stia cercando di proteggermi, ma non farlo dicendomi delle bugie.”

Ranger mi accarezzò i capelli. “Diesel mi ha detto alcune cose su Edwards. Non è necessario che tu le sappia adesso.”

“Qualcosa in particolare ti ha turbato.”

Lui fece un respiro profondo e lo lasciò uscire lentamente. “Maisie...”

“Ti prego, dimmelo e basta. Sarà peggio, se non lo fai.”

“Credo che volesse cercare di portarti fuori dal Paese.”

Mi portai la mano alla tempia e premetti con la punta delle

dita. Era come se ci fosse un ricordo che potevo quasi raggiungere e afferrare, ma che poi scivolava via.

"Cosa c'è?" chiese Ranger.

"Qualcosa che ha detto."

"Va bene, non... pensarci."

"No, devo farlo. Cos'era?" Chiusi gli occhi. Erano le ultime parole che mi aveva detto. "Ha detto: *Ci saranno abbastanza soldi per farci sparire per sempre.*"

Ranger mi strinse tra le braccia. "Non posso credere di essere stato così vicino a perderti."

"Ma non è successo. Mi hai trovata."

Lui si asciugò una lacrima. "Dovrei essere io a consolarti, non il contrario."

Scossi la testa. "Dovremmo confortarci a vicenda."

QUANDO L'INFERMIERA ARRIVÒ LA MATTINA DOPO, SVEGLIÒ SIA me che Ranger e gli disse che non poteva dormire in quel letto d'ospedale con me. Evidentemente l'infermiera di notte non aveva pensato che fosse un problema.

Ranger si alzò per andare in bagno e quando uscì lei non c'era più.

"Ha detto che il medico sta facendo il giro e che dovrebbe arrivare presto."

Lui salì sul letto accanto a me. "Allora ho ancora qualche minuto."

Sapevo di aver svegliato entrambi più volte durante la notte con i miei incubi, ma dopo non riuscivo a ricordare molto. La psicologa diceva che sarebbero diminuiti rapidamente, perché la maggior parte di quello che sognavo era ciò che il mio subconscio "inventava" piuttosto che un ricordo reale, dal momento che ero stata sotto l'effetto delle droghe per la maggior parte del tempo in cui Maxim mi aveva tenuta prigioniera. Aveva senso, visto che quando ero sveglia ricordavo ben poco.

Fu quando Ranger disse che credeva che Maxim avesse avuto l'intenzione di portarmi fuori dal Paese che ricordai quello che aveva detto sul fatto che "noi" saremmo scomparsi insieme. Mi chiesi quanti altri ricordi sarebbero riaffiorati grazie a quelle sollecitazioni. Speravo nessuno.

Quando la porta si aprì, Ranger scese dal letto e si sedette sulla sedia accanto.

Sembrava intontito ma sexy, come quando ci svegliavamo e facevamo l'amore nel cuore della notte durante il nostro viaggio. Il fatto di trovarlo sexy mi sorprese, ma d'altronde lo stupro non era sesso. Era un'aggressione violenta di cui, fortunatamente, non ricordavo molto.

"Come si sente stamattina?" mi chiese il medico che avevo visto per la prima volta al pronto soccorso.

"Sono stanca e ho ancora mal di testa."

Mi controllò il battito cardiaco e la respirazione con uno stetoscopio, anche se ero attaccata a delle macchine che facevano la stessa cosa.

"Il rapporto tossicologico è arrivato stamattina. Le è stato somministrato del Mistanprodol. È una droga relativamente nuova. Per gli esseri umani, comunque. È simile al Rohypnol, noto anche come droga dello stupro, ma molto più potente in quanto rende la vittima incosciente, invece di privarla solo delle capacità decisionali e della memoria a breve termine."

"A quali effetti collaterali dobbiamo prestare attenzione?" chiese Ranger.

"Soprattutto mal di testa e incubi. Abbandona il sistema in tempi relativamente brevi, il che spesso lo rende difficile da individuare, dato che non compare nella maggior parte degli esami tossicologici." Mi guardò. "Nel suo caso, le è stato iniettato poco tempo prima di essere portata qui, quindi ce n'era ancora abbastanza nel suo sistema per poterlo identificare."

"Quando pensa che mia moglie possa essere dimessa?"

"Se il mal di testa non peggiora, più tardi in mattinata. Al momento della dimissione, le verrà consegnata una lista di controllo. Se succede qualcosa, dovrà tornare in ospedale." Passò lo sguardo da me a Ranger. "Altre domande?"

Non mi venne in mente nient'altro e lo dissi. Ranger disse che valeva lo stesso per lui.

Quando il dottore se ne andò, mio marito si sdraiò accanto a me e mi mise un braccio intorno alla vita. "Dobbiamo parlare di dove vuoi andare quando ti diranno che puoi uscire."

Davvero? Non saremmo semplicemente tornati al suo campo? "Quali sono le mie opzioni?"

"Ovunque desideri, anche se si trattasse di lasciare gli Adirondack."

"È questo che pensi che dovrei fare?"

"Dipende tutto da te. Il mio obiettivo principale è che tu ti senta al sicuro."

"Non credo che lasciare la mia casa sia una buona idea."

"Allora non lo faremo."

"So che hai detto che Maxim è in custodia, ma non mi hai anche raccontato che Blanca e Jimmy hanno detto che c'erano due uomini?"

"L'altro non è più una minaccia."

"Cosa significa?"

"È morto." Rabbrividii e Ranger mi studiò. "Voglio rispondere sinceramente alle tue domande, ma non voglio esagerare. Potrebbe andare bene così."

"No, non va bene così. Sono felice che sia morto. Vorrei solo che lo fosse anche Maxim." Ranger non rispose. "Che ne sarà di lui?"

"Al momento è ancora sotto interrogatorio. Una volta stabilito di cosa sarà accusato, verrà messo sotto custodia, probabilmente dall'FBI." Mi mise il pollice e l'indice sul mento. "L'altra cosa che sono venuto a sapere ieri è che è stato arrestato anche l'uomo responsabile della scomparsa delle accuse di frode finanziaria. Dato il numero di capi d'accusa a suo carico e il rischio di fuga, è probabile che non gli venga concessa la libertà su cauzione, quando comparirà davanti a un giudice."

"Sarà così anche per Maxim?"

"Ancora più probabile."

"Ho altre domande."

Sentii la testa di Ranger annuire e lui mi accarezzò i capelli. "Risponderò a quante più possibile."

"Non voglio che tu mi nasconda le cose. Voglio sapere cosa sta succedendo."

"Capisco. Devi prendere le cose secondo il tuo ritmo e io farò del mio meglio per essere al tuo fianco. Ciò include darti delle risposte."

Qualsiasi domanda pensassi di avere, non riuscivo a ricordarla. Quello che ricordavo era che qualcuno, forse il medico che se n'era appena andato, mi aveva detto che avrei avuto problemi di memoria a breve termine, ma che sarebbero migliorati quando le droghe che Maxim mi aveva somministrato avessero abbandonato il mio organismo.

"Penso che chiuderò gli occhi per un po'."

Ranger mi baciò la fronte. "Anch'io."

26

RANGER

Ero ansioso di scoprire cos'altro Onyx era riuscito a tirare fuori da Edwards durante la notte. La privazione del sonno era una tecnica comunemente usata durante gli interrogatori, insieme ad altre cose meno *innocue*.

Anche se Diesel aveva detto che il rapimento di Maisie da parte di Maxim poteva essere stato un'imitazione, continuavo a sperare che quell'uomo fosse responsabile anche degli altri omicidi seriali. Se l'esito fosse stato diverso, Maisie avrebbe potuto *non* sentirsi al sicuro una volta tornata a casa.

Canada Lake significava così tanto per lei, che aveva lavorato instancabilmente per rivitalizzarne l'economia. Volevo assistere alla realizzazione dei suoi accurati progetti, inclusa la riqualificazione del parco di divertimenti, dell'hotel e del lungolago. Erano tutte cose che le avrebbero procurato un grande orgoglio e una grande gioia per tutta la vita.

Egoisticamente, volevo mettere su famiglia e volevo che i nostri figli potessero vivere il lago come avevano fatto i miei nonni e quelli di Maisie.

Mi venne in mente che Doc non aveva detto nulla sulla capacità di Maisie di rimanere incinta. Per quanto fosse sempre molto scrupoloso, mi aspettavo che l'avrebbe fatto, se lui o i medici avessero ritenuto che fosse un problema. Pregai che non fosse così. Maisie sarebbe stata una madre straordinaria per qualsiasi bambino avessimo avuto.

Un'altra cosa su cui ero incerto era se Maisie si sarebbe sentita ancora al sicuro una volta tornati al mio campo. Avrebbe scatenato dei ricordi?

Prima di tornare lì, volevo che la nostra squadra rafforzasse il sistema di sicurezza. Quello, e che installassero un sistema completo da Al e Mary.

Tirai fuori il cellulare e inviai un messaggio a Diesel, chiedendogli di parlarne con Onyx e di capire quanto ci sarebbe voluto.

Finché non fossimo stati in grado di catturare il serial killer - e lo avremmo fatto - volevo tenere a Canada Lake il maggior numero possibile di membri della nostra squadra, con il permesso di Onyx. Quel numero sarebbe variato a seconda degli altri incarichi che ci venivano assegnati. A volte, tutti i membri disponibili della squadra sarebbero stati chiamati a partecipare, come era successo per la ricerca di Maisie. Cosa avrei fatto se mi fosse stato richiesto di partire?

Se avessi dovuto rispondere in quel momento, avrei rifiutato. Ciò avrebbe anche potuto significare dover dare le dimissioni dal mio posto nelle Shadow Ops del K19. Se fosse stato necessario, l'avrei fatto. Maisie era la mia priorità sopra ogni altra cosa. Non riuscivo a immaginare un momento in cui mi sarei sentito a mio agio a lasciarla da sola anche per poche ore, figuriamoci per giorni. Come diceva Diesel, eravamo dei protettori. Ce l'avevamo nel sangue, nel DNA, e niente avrebbe cambiato qualcosa di così innato.

Gesù... DNA. Maisie mi aveva detto che assumeva anticoncezionali, ma che non erano efficaci al cento per cento, indipendentemente dal tipo. Se a questo si aggiungeva la possibilità che le droghe che le aveva somministrato Edwards avessero un'interazione negativa con i contraccettivi, il peggior risultato possibile era che scoprissimo che era incinta. Pregai in silenzio Dio di non permettere che accadesse.

Quando la porta si aprì poco dopo le otto, mi aspettavo di vedere un'infermiera e non la signorina Fasano. Quando la donna parlò, Maisie si svegliò.

"Ho saputo che stamattina andrà a casa," disse, porgendo a Maisie un biglietto da visita e lanciandomi un'occhiata. "Vorrei fissare un appuntamento di controllo entro un paio di giorni."

Ero sicuro che ci fossero altri psicologi specializzati nella terapia post-aggressione. Forse uno più vicino al campo.

"A proposito, ho una casa sul canale, quindi se preferisce incontrarmi nel mio ufficio di casa, possiamo fare così."

Il canale? Merda. Doveva essere quello vicino al Canada Lake, che era a pochi minuti da casa mia. Casa *nostra*, mi corressi silenziosamente.

"Sarebbe meglio," sentii dire da Maisie. "Sarebbe possibile programmare qualcosa per domani?"

La signorina Fasano tirò fuori il telefono. "Sono libera domattina. Che ne dice delle dieci?"

Quando non riuscii a trattenere un sospiro, le due donne mi guardarono.

"Cosa?" chiese Maisie.

"Ho solo paura che tu non te la senta."

"In tal caso, verrò io da lei."

Mentre io provavo una crescente antipatia nei confronti di quella donna, per Maisie non era così. Dovevo mettere da parte i miei sentimenti e fare quello che era meglio per mia moglie.

"Può restare qui per un minuto?" chiesi alla psicologa.

"Naturalmente."

Diedi un bacio a Maisie e andai in corridoio a chiamare Diesel. Quando lo feci, vidi che avevo perso una chiamata di Onyx di pochi minuti prima.

"Buongiorno," dissi quando lui rispose.

"Ranger. Grazie per avermi richiamato così in fretta."

"Certo. Scusa se non ho visto la tua chiamata prima. Che succede?"

"Stiamo per consegnare Edwards in custodia all'FBI. Prima di farlo, voglio essere sicuro che non ci sia sfuggita nessuna domanda per la quale volevi una risposta."

"Sono sicuro che tu abbia tutto sotto controllo, capo. Cosa ne pensi del fatto che Edwards abbia o meno rapito e ucciso le altre donne?"

"Non credo che sia stato lui, anche se tutti vorremmo che fosse così. L'unica risposta definitiva si avrà se gli omicidi smetteranno di verificarsi. Anche in quel caso non avremo una certezza. Chiunque sia l'assassino potrebbe fermarsi per un po', sapendo che le indagini si stanno intensificando, o smettere del tutto."

Sapevo che c'erano casi in cui i serial killer non colpivano per diversi anni, prima di ricominciare.

Più passava il tempo senza sapere se era stato Edwards o qualcun altro, più rimaneva un'incognita. Le incognite causavano paura. Ciò valeva soprattutto per Maisie, ma anche per me.

Il mio primo istinto sarebbe stato quello di portarla via dal parco, fuori dallo Stato o addirittura dal Paese. Ma non dipendeva da me. Maisie aveva bisogno di avere il controllo della propria vita. Non potevo assolutamente farla sentire impotente.

Una volta terminata la telefonata con Onyx, ne feci un'altra a Diesel.

"Ho sentito il capo che parlava con te poco fa," disse lui.

"Sì. Mi ha detto che vi state preparando a consegnare quell'uomo al Bureau."

"Mi sono offerto volontario per far parte della squadra di trasporto."

C'era qualcosa che mi preoccupava in quella faccenda. "Buona fortuna, amico mio."

"Grazie, Range. Cosa sta succedendo lì?"

"La signorina Fasano è in camera con Maisie al momento. Prima è venuto il dottore e ha detto che pensava che lei potesse tornare a casa stamattina."

"Avrete bisogno di un passaggio."

"Esatto."

"Chiederò a Onyx di riorganizzare la squadra di trasporto. Vuoi che io venga lì adesso?"

"No. Potrebbe volerci un po' di tempo prima che venga dimessa." Avrei voluto ribattere e dire che non era necessario che fosse lui a venirci a prendere, ma il mio istinto mi diceva che Diesel non doveva partecipare all'estradizione di Edward.

"Ricevuto."

Stavo per chiudere la telefonata quando Diesel parlò di nuovo. "Per quanto riguarda l'argomento di cui mi hai parlato prima nel messaggio, l'aumento delle misure di sicurezza a casa tua e la loro organizzazione nel campo dei Jones erano già in corso. Mi risulta che Doc abbia facilitato l'operazione."

Dal momento che il padre di Doc era un genio della sicurezza e della tecnologia, e che i governi lo assumevano se accettava di fare quei lavori, non avevo dubbi che qualsiasi misura di sicurezza fosse stata organizzata a casa di Al e Mary e nel mio campo sarebbe stata pari a quella della Casa Bianca.

Dopo aver chiuso la telefonata, mi appoggiai al muro fuori dalla stanza di Maisie per il tempo necessario a ritrovare la calma. In quelle ultime ore era apparso evidente che mia moglie riusciva a leggermi dentro più di chiunque altro.

Quando mi sentii pronto, aprii la porta. Menomale, perché sembrava che la signorina Fasano fosse ansiosa di andarsene.

"Ne parleremo domani," disse uscendo.

"Ehi, bellezza." Mi avvicinai, mi sedetti sul bordo del letto e presi la mano di Maisie nella mia. "È tutto pronto per quando usciremo. Diesel verrà a prenderci. Immagino che ci sarà anche Swam con lui."

"Lei mi piace."

Ero contento di sentirlo. Non era così per tutti. A volte quella donna poteva essere britannica in modo irritante.

"Probabilmente la vedrai molto spesso."

"Ranger?"

"Sì?"

"Mi porti a casa, vero? Intendo dire a casa tua."

"A casa nostra, ma sì. Se è lì che vuoi andare. Capisco se preferisci stare al campo dei tuoi nonni."

Lei spalancò gli occhi. "È questo che vuoi?"

"Niente affatto. Ne abbiamo già parlato. Il mio unico desiderio è che tu ti senta a tuo agio, ma sì, voglio che andiamo *a casa*. Insieme. Per sempre."

"È quello che voglio anch'io." Si morse il labbro e gli occhi le si riempirono di lacrime.

"Dimmi cosa provi."

"La signorina Fasano mi ha avvertita che forse non sto ancora sperimentando la parte peggiore della reazione a quello che mi è successo."

Feci un respiro profondo, sperando che Maisie non percepisse la mia rabbia.

"Non ti piace."

Sorrisi. Non riuscivo più a nasconderle nulla. "È vero."

"E se avesse ragione?"

"Ecco cosa penso. Non c'è modo di prevedere se le cose saranno più facili o più difficili per te. Presumo che saranno entrambe le cose. Di qualsiasi cosa tu abbia bisogno, voglia parlare o non parlare, voglia fare o non fare, sono l'uomo che fa per te." Mi ricordai delle parole di Doc. "Sono il tuo posto sicuro, Maisie. Non dovrai mai preoccuparti di quello che penso o di come reagirò."

Lei annuì.

"Con me sei *al sicuro*, bellezza," ripetei.

"È così che mi sento."

Niente di quello che diceva avrebbe potuto farmi sentire più sollevato. Soprattutto quando era così brava a captare i miei sentimenti. Se si sentiva al sicuro con me, significava che era davvero convinta di esserlo. In quel momento, era l'unica cosa che contava.

27

RANGER

Eravamo nel SUV e stavamo tornando al campo quando sia il mio telefono che quello di Diesel emisero un segnale di emergenza che, come sapevamo, indicava che era richiesta la nostra attenzione immediata. Appena fu possibile, Diesel accostò sul ciglio della strada.

"Qui Ranger," dissi quando Onyx rispose alla mia chiamata.

"Ranger, si è scatenato l'inferno durante il trasporto di Edwards. La squadra è caduta in un'imboscata. Edwards è stato eliminato. Due agenti sono a terra, ma non sono riuscito a determinare chi e in che condizioni siano."

Mi si strinse lo stomaco al pensiero della mia premonizione sulla presenza di Diesel su quel mezzo di trasporto. Quell'uomo era come un fratello per me. La maggior parte della squadra K19 lo era, ma mi sentivo più vicino a lui.

"Ricevuto. Io, Diesel e Maisie siamo quasi arrivati al campo. Cosa devo fare?"

"Massima allerta. *Non* tornate al vostro campeggio finché non avrete il mio via libera."

Ero seduto sul sedile posteriore con Maisie, ma avevo il tele-

fono in vivavoce in modo che Diesel potesse ascoltare la chiamata. Circondai mia moglie con un braccio e la strinsi a me
quando la sentii tremare.

"Altri elementi?"

"Negativo. Fatemi sapere dove vi fermate."

"Dov'è avvenuta l'imboscata?"

"Succursale di Albany."

"Ricevuto."

"A ovest?" chiese Diesel quando riattaccai.

O in quella direzione o verso nord, ma finché non fossimo
stati sicuri che si trattasse di un incidente isolato destinato esclu-
sivamente a far fuori Edwards, non avrei rifatto nessuno dei nostri
percorsi recenti.

"I miei hanno una casa sul lago Oneida," mi ricordò Diesel.

"Va bene." Distava due ore da dove ci trovavamo e c'era la
possibilità di ricevere il permesso di tornare a casa prima ancora
di arrivarci. Tuttavia, ci dava un posto dove stare, se ne avessimo
avuto bisogno.

"Come stai, bellezza?" Avvicinai Maisie il più possibile a me,
nonostante le cinture di sicurezza.

"Maxim è morto?"

"Sì."

"Chi può averlo fatto?"

I miei occhi incontrarono quelli di Diesel nello specchietto
retrovisore e lui mi fece un cenno con la testa.

"Quello che abbiamo appreso negli ultimi giorni è che
Edwards era coinvolto con alcuni pericolosi criminali. Credo che
abbiano pensato che potesse essere disposto a parlare, in cambio
di una riduzione delle accuse."

Maisie spalancò gli occhi. "Riduzione delle accuse? Oh, mio
Dio."

Le strinsi le spalle. "Innanzitutto, solo perché le persone che
lo hanno ucciso temevano che potesse accadere, non significa che

sarebbe successo. Secondo, è morto, quindi non è più un problema."

"Giusto. Grazie a Dio."

Non ero sicuro di cosa fosse grata esattamente, ma anch'io mi sentivo riconoscente. Grazie a Dio, Edwards era morto. Grazie a Dio, Diesel non era stato coinvolto nel fuoco incrociato. E infine, non avrei mai smesso di essere grato che Maisie fosse salva.

"So che volevi tornare a casa quanto lo volevo io, ma ti aspetta una vera sorpresa. La casa sul lago dei genitori di Diesel è davvero bella."

"È stata costruita negli anni '20," disse lui. "È più una vera casa che un campo. Ha sette camere da letto ed è completamente adatta all'inverno."

"Aspetta di vederla. Non ha un semplice molo, ma un pontile."

Maisie spalancò gli occhi come prima, ma questa volta sorrideva. "Non vedo l'ora di vederla."

Speravo che a Diesel non dispiacesse che andassimo comunque lì, anche se avessimo ottenuto l'autorizzazione a tornare a Canada Lake. Sarebbe stata una bella deviazione.

Fortunatamente, quando avevo chiesto a Doc di chiedere ai nonni di Maisie di portarle un cambio di vestiti e degli articoli da toilette, ne avevano portato più di uno, e Merrigan aveva anche pensato di prendere alcune cose per me dal mio campo. Se necessario, Diesel avrebbe potuto indossare alcuni dei miei vestiti. Non sarebbe stata certo la prima volta che prendevamo in prestito l'uno dall'altro.

"Dubito che ci sia da mangiare a casa dei miei genitori, ma c'è un ristorante lì vicino che si chiama Boathouse. Non so voi due, ma io sto morendo di fame e il cibo è ottimo."

Quando rispondemmo che avevamo fame anche noi, Diesel si fermò. Capii subito che quel posto sarebbe entrato nella lista di quelli da imitare per Maisie e fui grato al mio amico per averla distratta.

Mentre eravamo seduti al bar, in attesa di un tavolo, Maisie si alzò per guardare alcune foto storiche appese alla parete.

"Devo dirti una cosa," dissi a Diesel.

"Sì?"

"Il mio istinto mi diceva che non dovevi far parte della squadra di trasporto."

Lui sollevò un sopracciglio. "Stai scherzando?"

Scossi la testa.

"Cazzo. Beh, grazie." Alzò la sua birra verso la mia e brindammo.

"Non è la prima volta che succede tra noi."

"No, Ranger, assolutamente no."

"Hai saputo qualcosa da Onyx?"

"Rodriguez."

"Condizioni?"

Diesel scosse la testa.

"Merda. Non lo conoscevo molto bene, ma ogni volta che perdiamo uno di quei bravi ragazzi, è sempre uno schifo." Avvicinai la mia bottiglia di birra alla sua. "A Rodriguez."

"Anche l'agente Davies è stata colpita."

Spalancai gli occhi. "Condizioni?"

"È ancora in sala operatoria."

Lo disse con un tono che mi sembrò più *personale* di quanto mi aspettassi. "Mi dispiace sentirlo, amico."

Lui guardò fuori dalla finestra nell'oscurità. "Grazie, Range."

"Ascolta, so che ultimamente sono stato piuttosto egocentrico. Voglio che tu sappia che mi dispiace."

Diesel si mise a ridere. "È tutto a posto, amico."

Maisie tornò al bar, ma non si sedette. Si mise invece in piedi dietro di me e mi passò le braccia sulle spalle. Girai la testa e ci baciammo.

"Il vostro tavolo è pronto," disse la barista che uscì da dietro il bancone con i menu tra le braccia.

"Sembra che stasera ci sia poca gente. Se per lei è più comodo farci sedere al bar, saremo felici di farlo," propose Maisie.

"Stavo per farvi accomodare lì." La barista indicò un tavolo a pochi passi da dove eravamo noi.

Diesel annuì.

"Rimarremo qui," dissi alla donna. Sapevo esattamente cosa aveva in mente Maisie. Se fossimo rimasti seduti al bar, avrebbe potuto fare qualche domanda alla barista. E ciò significava che non avrebbe pensato a Maxim o a tutta l'altra merda che aveva passato.

Alla fine, restammo alla Boathouse fino all'ora di chiusura, ma il posto in cui avremmo alloggiato era a poca distanza di cammino... se non si era in pieno inverno. Quindi, in quel caso, si trattava di un breve viaggio in auto. Quando entrammo in casa, c'era un bel fuoco e molte luci erano accese.

"Il custode vive sopra il garage," spiegò Diesel.

Aprii il frigorifero per mettere via gli avanzi della cena e vidi che era ben fornito. "Sembra che ci sia tutto il necessario per la colazione."

Quando Diesel non rispose, guardai verso di lui e vidi che stava leggendo qualcosa sul telefono.

"Tutto bene?"

"Sì. Bryar è uscita dalla sala operatoria e le sue condizioni sono state giudicate stabili."

Bryar? Oh! L'agente Davies. "È un'ottima notizia, amico."

"Onyx dice che siamo liberi di tornare al lago, quando siamo pronti."

Avrei potuto suggerire di fermarci un paio di giorni per permettere a Maisie di visitare meglio la zona, ma avvertivo che Diesel voleva tornare il prima possibile.

"Possiamo saltare la colazione, se vuoi metterti in viaggio presto domani."

Diesel stava ancora guardando il telefono. "No, possiamo fare colazione."

"Domani dovrei incontrare Patricia. Me ne sono completamente dimenticata," disse Maisie.

"Sono sicuro che si possa rimandare a più tardi nella stessa giornata o in quella successiva. Posso chiamarla e lasciarle un messaggio."

"Non ti dispiace?"

"Chiamare? Certo che no."

Riattaccai dopo aver lasciato un messaggio vocale alla psicologa, per dirle che dovevamo cambiare l'orario dell'incontro, poi vidi Maisie sbadigliare.

"Probabilmente sei esausta. Troviamo la nostra stanza e concludiamo la serata."

"La seconda porta in cima alle scale," disse Diesel, prendendo una birra dal frigorifero.

"Ci vediamo domattina."

"OK."

"Sta bene?" chiese Maisie una volta entrati nella stanza.

"L'agente dell'FBI che lavorava con noi è stata una delle persone a cui hanno sparato oggi. Diesel era il suo referente, quindi probabilmente è rimasto scosso."

"Sembra qualcosa di più."

La attirai tra le mie braccia. "Dimmi perché."

Lei scrollò le spalle. "Guardava spesso il cellulare durante la cena. Sembrava strano."

"Ho notato qualcosa, quando mi ha detto che lei era uscita dalla sala operatoria." Dimenai le sopracciglia e Maisie mi fece un sorriso, che però svanì rapidamente.

"Ranger, non sono sicura di... sai."

La condussi verso il letto, mi sedetti in fondo e la feci sedere sulle mie ginocchia. "Faremo le cose con calma, signora Messick."

"Ma..."

Scossi la testa. "Sei qui con me. Posso tenerti tra le mie braccia. Sai quanto mi rende felice?"

Maisie mi avvolse le braccia intorno al collo e sentii l'umidità delle sue lacrime. "Se non fosse stato per te, avrei potuto..."

"Shh. Ora sei qui. È l'unica cosa che conta."

Io e Maisie avevamo trascorso diverse notti insieme, ma anche nel letto d'ospedale non si era mai aggrappata a me come la notte appena passata. Non mi dispiaceva. Sembrava che aiutasse con gli incubi e, come avevano detto il medico o la signorina Fasano - non ricordavo chi − si verificavano sempre meno di frequente con il passare del tempo.

"Mi piacerebbe tornare in questa zona qualche volta," disse Maisie mentre salivamo sul SUV.

"Penso che si possa fare," risposi facendo l'occhiolino.

"Puoi sederti davanti con Diesel, se vuoi. Io starò bene."

"Accidenti, no! Sono il capo, ricordi? Ho aspettato per un sacco di tempo di avere qualcuno che mi facesse da autista."

Diesel rise e scosse la testa. "Dici un sacco di stronzate."

Anche se avrei voluto rimandare, Maisie doveva sapere degli altri tre rapimenti che erano avvenuti nel Parco Adirondack e anche che le donne rapite erano state uccise. Avevo programmato di dirglielo il giorno prima, una volta tornati a Canada Lake, ma il mio istinto mi diceva che non dovevo aspettare oltre. Chi poteva sapere quanto tempo sarebbe passato, prima che i media venissero a conoscenza della storia, oltre che di quella di Maisie. Non volevo che lo scoprisse così.

"C'è qualcosa di cui dobbiamo parlare prima di tornare a casa," cominciai.

I suoi occhi incontrarono i miei.

Le raccontai nel modo più diretto possibile delle tre donne che erano state rapite prima di lei. La sua prima domanda, come avevo previsto, fu se Maxim fosse il responsabile.

"Posso rispondere?" chiese Diesel.

Annuii.

Le disse che aveva fatto parte della squadra che lo aveva interrogato e che né lui né altri, compresa l'agente Davies, credevano che Edwards fosse il responsabile.

"Purtroppo, crediamo che Maxim abbia usato gli altri rapimenti come copertura per quello che ti ha fatto."

Maisie mi abbracciò forte, sorprendendomi come faceva spesso. "Grazie a Dio ho te," sussurrò, poi si chinò in avanti. "Anche te, Diesel."

Lui sorrise.

❧ 28 ❧

MAISIE

Erano passati quattro giorni da quando Ranger aveva lasciato un messaggio a Patricia e lei non aveva ancora risposto.

Quando lui chiamò l'ospedale, gli dissero che non era stata molto presente in ufficio quella settimana, ma che non era insolito e che era lei a stabilire i propri orari.

Forse non l'avevo giudicata bene le due volte che l'avevo incontrata, ma il fatto che ci avesse abbandonati sembrava strano. Io e Ranger ne parlammo e decidemmo di cercare qualcun altro. Lui ammise addirittura di avere bisogno di qualcuno con cui parlare e ciò mi spinse ad amarlo ancora di più.

In apparenza, ci comportavamo tutti come se tutto andasse *bene*, ma non era così. Speravo che arrivasse presto il giorno in cui non avrei avuto dei flashback su quello che mi aveva fatto Maxim, ma non ero così ingenua da pensare che sarebbe successo rapidamente.

Il primo giorno che passammo a casa, mi aspettavo che Ranger mi viziasse. Mi sentii molto sollevata quando non lo fece. Mi rassicurava, dicendomi che era lì per qualsiasi cosa di cui avessi bisogno, non mi spingeva a parlare e, quando volevo farlo, mi ascoltava. Sapevo che non era perfetto, ma era sempre più difficile trovare qualcosa di sbagliato in lui.

Il mio cellulare squillò contemporaneamente a quello di Ranger, il che era insolito. Ci avevo fatto l'abitudine quando succedeva tra lui e Diesel.

"Ciao, nonna," dissi quando vidi comparire il suo nome.

"Ciao, tesoro."

Aveva un tono strano. "Cosa c'è che non va? Il nonno sta bene?"

"Sì, sta bene. Mi chiedevo solo se per caso stavate guardando la televisione."

Era una domanda strana. Non lo facevo quasi mai. "No. Perché?"

"Non è niente. Me lo sono solo chiesta. Ci sentiamo più tardi, tesoro."

Guardai il telefono, sbalordita dal fatto che avesse chiuso la telefonata così bruscamente. "Ranger?"

Lui sbucò da dietro l'angolo e vidi che stava ancora parlando con qualcuno. Pochi secondi dopo, bussarono alla porta sul retro. Lui andò ad aprire prima che potessi farlo io e Onyx entrò.

"Ehi, sorellina," disse, avvicinandosi per abbracciarmi. Uno o due minuti più tardi arrivò Diesel insieme a Wasp e Swan.

"Devo andare di sopra?" chiesi a Onyx, visto che Ranger era ancora al telefono.

"No, per ora puoi restare qui sotto con noi."

Ranger mise finalmente giù il cellulare e si avvicinò a dove ero seduta nel salotto. Tutti gli altri erano ancora in piedi.

"Potete darci un minuto?" chiese lui, e le altre quattro persone nella stanza uscirono in veranda.

"Mi stai spaventando," ammisi. "Prima mia nonna. Ora tu."

Ranger mi prese tra le braccia. "È l'ultima cosa che desidero fare, e mi dispiace."

"Cosa sta succedendo?"

"C'è stato un altro rapimento."

"Oh Dio, no!" sussultai e lui mi strinse più forte. Le lacrime mi scesero sulle guance e cominciai a tremare.

"Calma," mi tranquillizzò. "So quanto è difficile per te. Fai qualche respiro profondo e poi ne parleremo."

Quello che era iniziato come un pianto si trasformò in singhiozzi. Non piangevo così forte da quel giorno al pronto soccorso, quando c'erano i miei nonni con me.

Dopo qualche minuto, feci un respiro profondo e recuperai il controllo. "Mi dispiace. Non mi aspettavo di sentirmi colpita così profondamente."

"Non dispiacerti, e non mi sorprende," disse Ranger baciandomi la fronte. "Colpisce molto da vicino."

Gli appoggiai la testa sulla spalla e feci altri respiri profondi.

"Hai detto che tua nonna ti ha chiamata?"

"Mi ha chiesto se stavo guardando la televisione. È stato strano, perché sa che non la guardo quasi mai."

Ranger fece un cenno e Onyx entrò dalla veranda. "I media potrebbero averlo saputo."

"Maledizione," mormorò. Tirò fuori il telefono e digitò qualcosa prima di tornare in veranda.

"Possono entrare."

"In realtà, forse sarebbe meglio se li raggiungessi."

"Posso andare di sopra, se non devo ascoltare quello di cui parlerete."

Ranger mi strinse le spalle. "In questo caso, non è quello il problema. Sono più preoccupato che quello di cui dobbiamo parlare ti turbi."

"Se non riesco ad affrontarlo, salgo in camera nostra. Va bene?"

"Mia coraggiosa, bellissima moglie. Mi stupisci."

Scossi la testa. "Sei tu che sei incredibile."

Mi baciò di nuovo e fece cenno ai suoi compagni di squadra.

"Va bene a tutti se Maisie partecipa?" chiese quando i quattro si furono seduti.

Onyx si guardò intorno nella stanza. "A noi va bene." Si girò verso di me. "Purché vada bene a te."

"Se mi sento a disagio, vado di sopra."

Gli occhi di Onyx incontrarono quelli di Ranger.

"Va bene," gli disse mio marito. "Puoi parlare liberamente."

"Ecco quello che sappiamo," esordì Onyx. "Alle ore 11.00, Steve e Beth Fasano hanno ricevuto una telefonata che chiedeva il pagamento di un riscatto."

Mi misi una mano sulla bocca per soffocare il sussulto.

"Mi dispiace, Maisie," sussurrò Ranger. "Non c'era un modo semplice per dirtelo."

"Non sapevano che la figlia fosse scomparsa, perché lei vive qui a Canada Lake e loro passano l'inverno a West Palm Beach." Onyx guardò il cellulare, poi alzò la testa. "L'ultimo contatto noto con la signorina Fasano è stato al Johnstown Memorial Hospital quattro giorni fa."

"Siamo stati gli ultimi a vederla?" chiesi.

Onyx scosse la testa. "Quel giorno ha visto diversi pazienti. Crediamo che abbia lasciato l'ospedale poco dopo le cinque. Da allora nessuno l'ha più vista né sentita."

Diesel si schiarì la gola. "Sono stato in contatto con l'agente Davies, che ha detto che il suo capo arriverà al rifugio della forestale questo pomeriggio. Dato che la signorina Fasano è stata probabilmente rapita da qualche parte tra l'ospedale e la sua casa sul canale, quello è un posto valido come un altro per allestire un centro di comando."

"Ricevuto," disse Onyx prima di rivolgersi a me. "Come stai, Maisie?"

Feci un respiro profondo. "Non so bene come rispondere. Sono terrorizzata per Patricia, ma sappiamo che non può essere stato Maxim a prenderla, visto che è morto."

"Esatto." Onyx si alzò e guardò a una a una le persone presenti nella stanza. "Ok, Shadow Ops, troviamo Patricia Fasano e riportiamola a casa sana e salva, proprio come abbiamo fatto con

Maisie. Dopodiché, annienteremo il figlio di puttana che l'ha rapita."

⛬

Continuate a leggere per un'anteprima del prossimo libro della serie K19 Shadow Operations Team One,
Nome in codice: Diesel

Nome in Codice: Caleb "Diesel" Jacks
Obiettivo: Bryar Davies
Missione: Usare l`intelligenza per accendere il fuoco di un`agente dell`FBI molto sexy.

DIESEL

In quanto laureato alla Cornell ed ex- agente della CIA, possiedo l`intelligenza e la sete di pericolo necessari a indagare a fondo tra le ombre. Dopo aver assistito a una buona dose di morte e distruzione, non batto ciglio quando è in gioco la mia vita. Ma quando ho incontrato lei, ho capito che era l`unica in grado di potermi distruggere.

BRYAR

Questa dannata indagine su un serial killer mi porterà alla morte... nel vero senso del termine. E ora, Diesel non ha intenzione di smetterla di proteggermi come se fossi una damigella in pericolo. Sa che sono ben lungi dall`esserlo. Il mio distintivo dell`FBI e la mia istruzione mi pongono al suo stesso livello in quanto a intelligenza e sete di pericolo. Ma se devo essere del tutto onesta, Diesel possiede il combustibile giusto per accendere il mio fuoco. Spero solo che non finisca tutto in cenere.

NOME IN CODICE: DIESEL

Numero quattro. Era così che l'agente dell'FBI inviato in sostituzione dell'agente speciale Bryar Davies si riferiva all'ultima donna che era stata rapita da quello che ormai si riteneva fosse un serial killer. Lei non era un fottuto numero. Era una persona.

Quel tipo mi fece arrabbiare così tanto con quell'etichetta sprezzante che uscii di corsa dal centro di comando delle indagini. All'inizio, avevo avuto l'intenzione di camminare fino al lago, ma quando misi la mano in tasca per evitare il freddo degli Adirondack in pieno gennaio e tastai il portachiavi, salii sul mio SUV.

Non sapevo esattamente dove stavo andando quando sollevai la ghiaia uscendo dal cottage del servizio forestale nel quale aveva sede la nostra indagine, sapevo solo che dovevo andarmene da lì.

Come quello stronzo inviato dall'FBI potesse essere il capo di Bryar era un vero mistero. Anche se lei era ancora relativamente giovane e per quanto fosse ancora inesperta, era un'agente molto migliore di lui.

Rimasi sbalordito quando il mio cellulare squillò e vidi proprio il nome della donna alla quale stavo pensando.

"Cosa posso fare per te, agente Davies?" le chiesi, evitando inutili convenevoli.

"Ho appena ricevuto una telefonata da Ryan, che mi ha detto che sei andato via senza avvisare nessuno."

Scossi la testa. Anche se *Ryan* pensava di essere al comando di quel caso, avrebbe avuto un brusco risveglio quando i miei capi ne avessero avuto abbastanza delle sue stronzate e lo avessero rimesso in riga.

"Non devo risponderne a lui, né a te, se è per questo."

"Non parlarmi con quel cazzo di tono compiaciuto, Diesel. Questa è la stessa stronzata di gioco di potere che hai fatto con me il giorno in cui sono arrivata."

"Immagino che tu ti senta meglio." L'agente Davies era stata colpita quando la squadra che trasportava un prigioniero era caduta in un'imboscata mentre si recava all'ufficio dell'FBI di Albany. Era stata sottoposta a un'operazione di quattro ore e trentasette minuti, prima che riuscissero a bloccare l'emorragia interna e a riparare i danni del proiettile che le aveva squarciato l'addome.

Come facevo a sapere per quanto tempo esattamente era rimasta in sala operatoria? Perché avevo contato i fottuti secondi. Ecco perché.

"Diesel? Sei ancora lì?"

"Sì, sono qui."

"Perché hai detto che immagini che io mi senta meglio?"

"Non credo di averti mai sentito dire tante parolacce in una sola frase."

"Non mi hai mai ascoltata."

"Dove ti trovi?"

"Sono ancora in ospedale, ma credo che oggi potrebbero dimettermi."

"Sarò lì tra venti minuti."

"No! Non venire qui. Fitzsimmons ti vuole al centro di comando."

"C'è qualcuno che può darti un passaggio, quando ti dimettono?"

"No, ma..."

"Ma cosa? Non ci sono taxi negli Adirondack, piccola."

"Non chiamarmi così. Inoltre, non sei ansioso di tornare alle indagini? Sono sicuro che sei molto preoccupato di localizzare la tua ragazza e di riportarla a casa sana e salva."

"La mia ragazza?" Che cazzo significava?

"Non lo stai negando."

"Prima di tutto, stiamo parlando di una *persona* che è stata rapita, probabilmente da un serial killer. Secondo, Patricia Fasano non è la mia ragazza."

"Non è la tua ragazza, ma ci sei andato a letto."

"Quelle medicine ti stanno incasinando la testa, *babe*. Non ho mai nemmeno bevuto *a cup of Joe*, una tazza di caffè con lei, figuriamoci farci del sesso."

"Il tuo quoziente intellettivo quanti anni ha, una sessantina? Eppure, usi parole come *'babe'* e *'cup o' Joe'*. Parli dieci lingue. Usa un vocabolario migliore."

"Dodici, e ci vediamo tra quindici minuti."

Chiusi la telefonata e ne feci un'altra, questa volta al mio migliore amico, Ranger.

"Ehi, mi ha appena chiamato quello stronzo dell'FBI," disse lui.

"Sì? Cosa voleva?"

"Sapere dov'eri."

"Può scordarselo."

"Sì. Ho apprezzato l'opportunità di dirgli che non era il tuo capo e che non erano affari suoi. Ho usato qualche parola diversa, ma il succo era quello." Ridacchiò. "Ma, parlando seriamente. Dove sei?"

"Sto andando in ospedale. L'agente Davies pensa di poter essere dimessa oggi."

"La vuoi smettere con questa stronzata dell'agente Davies?

Tutti gli altri potranno anche non vedere che pendi dalle sue labbra, ma io no. Il suo nome è... come si chiama?"

"Bryar, e non pendo dalle sue labbra."

"Sì, come no. Strano nome. Comunque, vai a prenderla?"

"Sì, ma non è per questo che ho chiamato. Per qualche strano motivo, pensa che io sia andato a letto con la psicologa."

"L'hai fatto?"

"Cazzo, no."

"Perché pensa che tu l'abbia fatto?"

"Non lo so, ma lo scoprirò."

"A proposito, Onyx ha detto che c'era qualcosa di strano nella telefonata che i genitori della Fasano hanno detto di aver ricevuto. Vuole andare più a fondo."

"Ricevuto. Me ne occuperò nel pomeriggio."

"Ci sto già lavorando io. Vai a prendere quella rosa selvatica."

Scoppiai a ridere. Non le sarebbe piaciuto più di quanto non le piacesse *babe*.

ERO APPENA SCESO DALL'ASCENSORE AL PIANO DI CHIRURGIA quando Ranger mi chiamò di nuovo.

"Cosa c'è?"

"Sei ancora in viaggio verso l'ospedale?"

"Sono appena arrivato, perché?"

"Ho bisogno che tu vada al pronto soccorso il prima possibile."

Merda. "Perché?"

"La signorina Fasano è stata localizzata, è viva."

"Dove?"

"Non indovinerai mai."

SULL'AUTRICE

Heather Slade, autrice di bestseller di *USA Today,* scrive una *romantic suspense* spudoratamente sexy e avvincente.

Una volta, per il suo compleanno, si è fatta il regalo di scrivere un libro. Più di quaranta libri dopo (e non solo), si sta divertendo come una matta.

Le donne che descrive sono sicure di sé, forti, con una volontà propria e un cuore grande come il cielo del Colorado. Gli uomini sono sublimemente sexy, degli alfa seducenti che accettano la sfida di conquistare l'animo dolce di una donna il cui cuore terranno nel palmo della mano per sempre. Aggiungete un paio di colpi di scena da far accapponare la pelle, un mistero avvincente e un finale degno di svenimento, e vi ritroverete tra le mani uno dei suoi libri.

Le piace avere notizie dai lettori. Potete contattarla all'indirizzo heather@heatherslade.com

Per tenervi aggiornati sulle sue ultime novità e uscite, visitate il suo sito web all'indirizzo www.heatherslade.com e iscrivetevi alla sua newsletter.

Roaring Fork Wrangler

Roaring Fork Roughstock

Roaring Fork Rockstar

Roaring Fork Rooker

Roaring Fork Bridger

K19 SECURITY SOLUTIONS TEAM ONE

Razor's Edge

Gunner's Redemption

Mistletoe's Magic

Mantis' Desire

Dutch's Salvation

K19 SECURITY SOLUTIONS TEAM TWO

Striker's Choice

Monk's Fire

Halo's Oath

Tackle's Honor

Onyx's Awakening

K19 SHADOW OPERATIONS - TEAM ONE

Code Name: Ranger

Code Name: Diesel

Code Name: Wasp

Code Name: Cowboy

Code Name: Mayhem

K19 SHADOW OPERATIONS - TEAM TWO

Coming 2025

Code Name: Admiral

Code Name: Tank

Code Name: Blackjack

Code Name: Atticus

Code Name: Kodiak

K19 ALLIED INTELLIGENCE - TEAM ONE

Code Name: Ares

Code Name: Cayman

Code Name: Poseidon

Code Name: Zeppelin

Code Name: Magnet

K19 ALLIED INTELLIGENCE - TEAM TWO

Code Name: Puck

Code Name: Michelangelo

Coming Soon!

Code Name: Typhon

Code Name: Hornet

Code Name: Reaper

THE ROYAL AGENTS OF MI6

Make Me Shiver

Drive Me Wilder

Feel My Pinch

Chase My Shadow

Find My Angel

PROTECTORS UNDERCOVER

Undercover Agent

Undercover Emissary

www.ingramcontent.com/pod-product-compliance
Lightning Source LLC
Chambersburg PA
CBHW060641260626
47161CB00008B/2952